Schau in den Spiegel, wenn du dich traust

Die Autorin

Iris Boden wurde 1966 in Köln geboren. Von 2009 bis 2011 absolvierte sie den Studiengang Belletristik an der Hamburger Akademie für Fernstudien. Mit ihrem zweiten Buch „Schau in den Spiegel, wenn du dich traust" präsentiert sie eine Mischung aus Slam Poetry, Glossen und Kurzgeschichten. Bei BoD ist außerdem die Kurzgeschichtensammlung „Das Leben ist ein Regenbogen" erschienen. Die Autorin lebt und schreibt in Dormagen.

Iris Boden

Schau in den Spiegel, wenn du dich traust

Gedichte, Kurzgeschichten, Glossen

Bibliografische Informationen der Deutschen Nationalbibliothek:
Die Deutsche Nationalbibliothek verzeichnet diese Publikation in der Deutschen Nationalbibliografie; detaillierte bibliografische Daten sind im Internet über http://dnb.d-nb.de abrufbar.

© 2015 – Iris Boden, Dormagen
Herstellung und Verlag:
BoD – Books on Demand, Norderstedt
ISBN 978-3-7386-4987-1

Wenn du einen Menschen zum Nachdenken
anregst,
kannst du heimlich seinen Reis essen.

(koreanisches Sprichwort)

Inhalt

Vorwort

Das Leben bietet jeden Tag Situationen und Begebenheiten, aber auch persönliche Befindlichkeiten, die mich immer wieder aufs Neue inspirieren. Und dann frage ich mich: Wer oder was ist eigentlich normal oder auch nicht, wer oder was ist schön, hässlich oder gar abstoßend, was ist gut oder schlecht? Und wer oder was bin ich? So entstand eine Sammlung von Geschichten, Gedichten und Texten, die ich in diesem Buch zusammengestellt habe.

Meine Gedichte sind frei von Lyrik-Regeln. Ich habe mich vielmehr von den großen Künstlerinnen und Künstler der Poetry-Slam-Szene beflügelt lassen.
Die Glossen beschreiben alltägliche Begebenheiten, die ich erlebt und dann doch wieder nicht erlebt habe. Letztendlich entspringen alle meine Texte der reinen Fiktion.

Mit „Schau in den Spiegel, wenn du dich traust" will ich auf keinen Fall moralisieren, denn der erhobene Zeigefinger ist mir selbst ein Gräuel. Jedem steht es frei, sich den Schuh anzuziehen und auszuprobieren, ob er passt oder nicht.

Ich für meinen Teil danke allen Menschen, die ich im Laufe meines Lebens kennenlernen durfte. Denn ohne ihre Besonderheiten, ihre gelebten Beispiele, wären viele meiner Texte wahrscheinlich nicht entstanden.

Und nun wünsche ich viel Spaß beim Lesen.

Iris Boden im Oktober 2015

Schau in den Spiegel, wenn du dich traust ...

Wenn du dich traust
dann schau in den Spiegel
und öffne den Riegel
der Ignoranz zur Selbstreflexion.
Dazu gehört eine große Portion
Mut zur Interpretation
der eigenen Gefühle und klare Ziele.

Schau in den Spiegel
wenn du dich traust
sie ehrlich zu dir selbst
auch wenn du dir die Haare raufst.
Sei standhaft und senke niemals den Blick
dann schaust du eines Tages auf ein
wunderbares Leben zurück.

Wenn du dich traust
dann schau in den Spiegel ...

Und morgen bekommt Mops Moppel einen Regenmantel ...

Also, man kann ja nun wirklich alles übertreiben. Auch die Tierliebhaberei. Haustiere werden zu Familienmitgliedern, haben Stimmrecht, eigene Möbel, Schmuck und (Fr)Essgeschirr. Selbst vor Kleidung wird kein Halt gemacht. Regenmäntelchen und Wollpullover (farblich abgestimmt) werden den Lieblingen – vorzugsweise Hunden – übergestülpt. Ihnen werden Krönchen aufgesetzt (armes Vieh), sie werden auf dem Sofa platziert, fotografiert und dieses Foto dann stolz gepostet. Auf Facebook, auf Blogs. Hauptsache öffentlich, im Internet. Und bei all den weltlichen Gütern, die ihnen (also den Haustieren) angeboten werden, schlafen sie doch letztendlich bei Herrchen und Frauchen (oder besser gesagt: bei Mama und Papa) im Bett. Ich sage nur: Kindersatz. Tierhaare findet man fortan im Kleiderschrank, in Kochtöpfen, auf der Tischdecke, auf dem Kopfkissen. Die Vierbeiner werden geherzt und geknuddelt, bereitwillig lässt sich der Mensch abschlecken, quer übers Gesicht und findet es sogar niedlich, wenn das Tier (na ja, eigentlich ist es ja schon gar kein Tier mehr) dieses auch beim menschlichen Nachwuchs tut. Würmer, Zecken, Milben, Flöhe und was-weiß-ich welche Parasiten es noch so gibt, werden ausgeblendet. Na ja, Parasiten sind halt auch Tiere. Man ist doch tierlieb, oder? Alter Finne, man kann es auch wirklich übertreiben.

Also, unser Kater hat keine eigenen Möbel, keinen Schmuck und keine Kleidung. Aber auf meinem Sessel lümmle ich mich schon lange nicht mehr. Denn dort liegt eine Decke. Voller Katzenhaare. Und wenn ich mich ganz leise verhalte, auch ein Kater. Meistens. Manchmal. Na ja, eigentlich selten. Denn sein derzeitiger Lieblingsplatz ist mein Bett. Oder mein Kleiderschrank. Oder noch besser: auf meinem Arm. Denn dort kann er herrlich schmusen …

Mein Traum

Ich träume von einem Leben
in dem das Geben
mehr zählt als das Nehmen
in dem alle danach streben
glücklich in Frieden zu leben
in dem Neid und Hass fehlen
Menschen sich mit Respekt gegenüberstehen
und nur das Gute im anderen sehen.

Ich träume von einer Welt
ohne Gewalt
in der ein jeder zusammenhält
in der das Geld
nicht so viel zählt
wie es heute üblich ist.

Ich träume von freundlichen Worten
auch für Menschen aus anderen Orten
und dass jedem die Pforten
dieser Welt geöffnet werden.

Ich träume von einer Welt ganz ohne Drogen
dafür mit guten Dialogen
in der weder betrogen
noch gelogen wird.

Ich träume von Menschen die sich lieben
und nicht dermaßen getrieben
sich ständig verbiegen
meckern wie die Ziegen
und ihr Gewissen verbissen besiegen.

Ich träume von Gesundheit
einem Leben ohne Bitterkeit
dafür voller Heiterkeit
ohne Angst vor Lächerlichkeit
Dankbarkeit
und der Gewissheit
ohne Überheblichkeit
und ohne Blick auf Äußerlichkeit
anerkannt zu werden.

In meinem Traum lebe ich so
an einem Ort irgendwo
ohne Risiko
farbenfroh
mit Cappuccino und Haribo
ohne Zeter und Mordio
mit meinem Romeo sowieso
in dulci jubilo.

Süßes Nichtstun

Wann war das? Kann sich jemand erinnern? Weiß das jemand noch? Wann genau geriet die Ruhe in Verruf? Viele schaffen es nicht, sich zu langweilen. Oder schlimmer noch: Sie wollen es gar nicht. Zu groß ist die Angst, gesellschaftlich auf dem Gleis der ewigen Langweiler und Spießer abgestellt zu werden. Und so wird immer noch ein Schippchen draufgepackt. Das fängt heutzutage schon im zarten Kindesalter an. Nach der Schule: Montags zum Sport (vornehmlich die Jungs zum Fußball, die Mädchen zum Ballett - es lebe das Rollenklischee), dienstags zur Musikschule, mittwochs Nachhilfe (das Kind hat ja so wenig Zeit zum Lernen), donnerstags kreatives Mutter-und-Kind-Malen, freitags Therapie usw. Und die Erwachsenen? Neben Beruf, Haushalt, Kindererziehung (obwohl ich die an dieser Stelle einmal vorsichtig in Frage stelle) muss mindestens zweimal wöchentlich Sport getrieben werden (weil ja so gesund). Hier eine Ausstellung (schließlich ist man ja ein Mensch mit Niveau), da eine Party (der Kontakte wegen), Shoppen im neuen Einkaufszentrum, ein VHS-Kurs sollte auch noch drin sein. Dank der heutigen Technik ist man ja schließlich immer auf dem Laufenden und für alles und jeden allzeit erreichbar. Selbst im Urlaub.

Die meisten Familien können sich glücklich schätzen, wenn sie den Stress der Urlaubsvorbereitungen überstehen und sich nicht bereits vor der "schönsten Zeit des Jahres" die Köpfe eingeschlagen haben (Beispiele gibt es in meiner Umgebung mehr als genug). Da quält man sich von einem Stau in den anderen oder riskiert Gepäckverlust, Thrombose oder - schlimmer noch - einen suizidgefährdeten Copiloten, um dann (hoffentlich) endgültig urlaubsreif an den Ort der Träume zu gelangen. Man hetzt von Sehenswürdigkeit zu Sehenswürdigkeit, folgt scheinbar begeistert den Anweisungen der Animateure (das Risiko erkannt zu werden ist recht gering), nimmt jede Pool-Party mit (nach dem Urlaub muss der Alkoholkonsum unbedingt reduziert werden). Und das Hamsterrad dreht sich immer weiter. Der Mut zur Langeweile ist irgendwo auf der Strecke geblieben. Und schlimmer noch: Die Fähigkeit, Langeweile, Muße und Ruhe zu genießen, haben heute nur noch wenige.

Schön, dass ich den Mut habe. Wenigstens ab und zu einmal. Denn für mich gibt es keine schönere Freizeitbeschäftigung, als dem süßen Nichtstun zu verfallen, den Wolken nachzuhängen und dem Wind zu lauschen. Aber nun werde ich mich zuerst einmal der Bügelwäsche widmen, damit ich morgen, wenn ich wieder arbeiten muss, alles erledigt habe.

Marie und die Marsianer

Auf den Fluren und im Gemeinschaftsraum bin ich besonders vorsichtig. Denn hier ist der Boden mit hell- und dunkelgrauen Fliesen ausgestattet. Ein weichgezeichnetes Schachbrettmuster. Ein verwaschenes Schwarz und Weiß wie ein übergangsloses Gut und Böse. Ich vermeide es, auf die dunkelgrauen Fliesen zu treten. Die sind nämlich energetisch negativ geladen und von galaktischen Viren verseucht. Das weiß nur niemand. Außer mir. Und natürlich die Marsianer, die – getarnt in ihren weißen Hosen, weißen Schuhen und hellblauen Kasacks – lautlos über den Fliesen schweben. Und das sieht niemand. Außer mir. Aber warum? Ob es daran liegt, dass ich mich kaum bewegen kann?

Es gab schon immer Außerirdische auf der Erde. Das habe ich recherchiert. Gerade die Marsianer sind mindestens seit dem Mittelalter mit ihren Forschungen aktiv. Versuchslabore, in denen das menschliche Verhalten nach der Infizierung mit Krankheitserregern aus dem All beobachtet werden, gibt es seit jeher. Auch das habe ich recherchiert. Manchmal stelle ich mir vor, wie diese Labore früher rochen. Wahrscheinlich stanken sie nach Klo. Kein Wunder, bei all den Bettnässern und Hosenscheißern hier. Aber heute haben sie

Desinfektionsmittel. Und damit sind sie weiß Gott nicht sparsam. Aber der Gestank nach Angst und Leid bleibt.

Ich weiß nicht genau, wie lange ich bereits hier bin. Ich habe Lücken in meinem Gedächtnis. Zwischendurch habe ich wohl ein paar Mal die Zeit verloren. Aber ich lasse mich nicht unterkriegen. Nein! Ich werde ihnen entkommen. Das habe ich mir fest vorgenommen. Auf dem Gang, der zu den Baderäumen führt, habe ich eine schmale Tür entdeckt. Sie hat zwar ein Schloss, aber keine Klinke. Doch als ich etwas fester dagegen stieß, öffnete sie sich. Ich konnte einen Gang erkennen, eine Art Tunnel, von bröselndem Mauerwerk umgeben. Leider konnte ich nicht sehen, wohin genau dieser Gang führt. Ich muss mir unbedingt eine Taschenlampe besorgen. Ein großes Problem, denn an diesem Ort bleibt fast nichts unbemerkt. Fast ... Dass ich den Tunnel entdeckt habe, blieb unbemerkt. Glücklicherweise. Die Marsianer sind doch nicht so schlau, wie sie denken. Okay, sie haben meine Eltern infiziert, sie haben mich in ihrem Labor hergestellt, aber ich bin keine von ihnen. Dieses Experiment ist ihnen missglückt. Ich bin ein Mensch. Keine marsianische Retorte. Trotz Reagenzglas. Und ich werde auch ein Mensch bleiben. Auf dieser Erde. Basta. Ich muss nur noch einen Weg finden, ihnen zu entkommen. Da draußen gibt es bestimmt noch mehr nicht infizierte Menschen, die bereit sind, für ihre Freiheit zu kämpfen. Vielleicht ist der Kampf dort draußen bereits in vollem Gange und ich habe es nur noch nicht mitbekommen. So ein Mist aber auch. Nur ein einziges Mal war ich nicht vorsichtig und schon bin ich hier gelandet. Aber was soll's. Zunächst einmal muss ich eine Taschenlampe besorgen. Wenn dieser Gang, wie ich vermute, in den Keller führt, schaffe ich es vielleicht, durch den Waschraum in die Freiheit. Vorsichtig muss ich sein. Und ich darf keinesfalls auf die dunkelgrauen Fliesen treten. Denn die dunkelgrauen Fliesen sind energetisch negativ geladen und mit galaktischen Viren verseucht. Das weiß nur niemand. Außer mir. Und natürlich den Marsianern, denen es nichts ausmacht. Die immun sind gegen sämtliche Keime und Erreger aus dem All. Diese Teufel. Diese Monster.

Doch bevor ich mich auf den Weg mache, werde ich mir noch meine Haare abschneiden. Lange Haare signalisieren den Marsianern, dass eine gewisse Paarungsbereitschaft vorhanden ist. Das hätten die wohl gerne. Für ihre Zucht von marsianischem Nachwuchs sollen sie gefälligst selbst sorgen. Ohne mich.

Schnell. Ich muss schnell machen und etwas Brauchbares finden, bevor sie von ihrem Rundgang zurückkehren. Da - ein Feuerzeug. Das tut es auch. Jetzt nur schnell weg hier. Zurück in den Aufenthaltsraum. Unschuldig, fast teilnahmslos auf den flackernden Bildschirm des Fernsehgerätes an der Wand starren. Sich berieseln zu lassen von irgendeiner Spielshow, das Feuerzeug fest in der Hand. Doch Vorsicht. Nur nicht auf die dunkelgrauen Fliesen treten. Denn die dunkelgrauen Fliesen sind energetisch negativ geladen und mit galaktischen Viren verseucht. Wenn mein Herz doch nicht so laut schlagen würde. Nicht, dass sie mich noch hören. Ich selbst höre nichts, außer meinem Herzschlag. Jetzt heißt es warten. Darauf, dass sie uns wie die Kinder ins Bett schicken. Und wer nicht artig war, bekommt kein Abendbrot. Und wer nicht artig war, bekommt eine Pille. Und wer nicht artig war, wird ruhiggestellt. Ich will hier raus. Ich muss hier raus. Ich bekomme keine Luft mehr. Beruhige dich Marie. Tief und gleichmäßig atmen. Ein und aus … ein und aus … ein und aus …

Jetzt kommen sie, treiben uns wie eine Herde dummer Schafe vor sich her. Los, auf zur Fütterung. Das Essen schmeckt mir nicht. Eine Mischung aus Haferbrei und püriertem Irgendetwas. Hier wird nur mit Löffeln gegessen. Alles nur Tarnung. Ich weiß genau, dass sie mit spitzen Gegenständen hantieren. Messer, Spritzen, Nadeln … Aber wir, die Laborratten, die Versuchsmenschen, wir essen nur mit Löffeln. Ich muss essen, auch wenn es mir nicht schmeckt. Ich brauche Kraft für mein Vorhaben. Aber ich muss darauf achten, dass der Teller nicht über einer dunkelgrauen Fliese steht. Und mein Stuhl ebenfalls nicht. Denn die dunkelgrauen Fliesen sind gefährlich. Oder sind es doch die hellgrauen? Alles dreht sich. Ich kann nicht mehr klar denken. Verdammt. Sie haben mir bestimmt etwas in meinen Brei gemischt. Ich fühle mich so schwer, bekomme schon wieder keine Luft.

Wo bin ich? In meinem Bett? Wie bin ich hierhergekommen? Schon wieder habe ich die Zeit verloren. Es ist dunkel. Alles ist still. Wo ist das Feuerzeug? Nein. Wo ist es? Wo? Ob sie es gefunden haben? Nein, das darf nicht sein. Wo ist es nur? Oh, diese verdammten Gurte. Da – in meinem Strumpf. Tief durchatmen, Marie. Es ist soweit. Dieses Mal wird es mir gelingen. Ich werde frei sein.

Nebenan läuft der Fernseher. Sonst ist nichts zu hören. Die Nachtwache ist also beschäftigt. Bis zu den Baderäumen brauche ich kein Licht. Ich muss nur darauf achten, nicht auf die dunkelgrauen Fliesen zu treten. Denn die sind energetisch negativ geladen und mit galaktischen Viren verseucht. Das ist etwas schwierig im Dunkeln, aber ich werde es schaffen. Ich bin lange genug hier und die Anordnung der Fliesen kenne ich. Schön langsam und leise. Wenn mein Herz doch nicht so laut schlagen würde. Dieses Pulsieren in meinen Ohren macht mich noch ganz verrückt. Jetzt noch links abbiegen, gleich bin ich da. Wenn ich mich an der Wand entlang taste, finde ich leichter die klinkenlose Tür.

Meine Gedanken schwirren wie ein aufgeregter Wespenschwarm. Wild, durcheinander und ebenso gefährlich. Ich darf nur nicht wieder die Zeit verlieren. Da ist sie. Ein leichter Druck … warum öffnet sie sich nicht? Ich muss fester drücken. Mit meinem vollen Gewicht. Noch einmal. Und noch einmal. Wenn die Gurte nicht so einschneiden würden. Nun geh' doch schon auf, du verdammtes Ding. Jetzt … Schschsch … leise, Marie, leise. Und jetzt das Feuerzeug. Wie gut, dass es hier keine dunkelgrauen Fliesen gibt. Ich muss mich beeilen. Lauf, Marie, lauf. Ich höre sie. Sie haben bemerkt, dass ich nicht mehr in meinem Bett liege. Sie suchen mich. Sie verfolgen mich. Schnell weiter. Immer weiter. Du schaffst es, Marie. Oh nein, sie kommen näher. Warum sind sie nur so schnell? Sie schweben auf mich zu. Nehmen mir meine letzte Energie. Sie saugen mich aus. Ich kann nicht mehr. Was ist das? Sie greifen schon nach mir. Warum sind sie nur so schnell? Ich muss meine ganze Kraft zusammennehmen. Ich kann sie bereits riechen. Oder ist es mein eigener Schweiß? Warum werde ich nur immer langsamer? Warum nur? NEIN. Ich höre sie. Sie reden über mich. Ich schaffe es nicht, ich schaffe es nicht …

Diesmal ist es mir missglückt. Aber das nächste Mal schaffe ich es. Ich darf nur nicht auf die dunkelgrauen Fliesen treten …

Ich und du

Ich –
ich bin nicht nur ich
ich bin auch du
es gibt kein auseinander
nur noch ein miteinander, ein füreinander
kein „das mach' ich nur für mich"
ohne ein „ich mach' mir Sorgen um dich"
aus dem du und ich wird ein wir
denn heute im Jetzt und Hier
ist unser Leben durch Krankheit gezeichnet
der Alltag bestimmt den Rhythmus und erreicht es
dass ich nicht nur ich bin
sondern auch du
und weißt du was?
es gehört zu meinem Leben dazu.

Ich träume davon viele Fehler zu machen
daraus zu lernen aus all den verrückten Sachen
die wir nie getan haben
und sicher noch tun werden
sind wir nicht deshalb hier auf Erden?

Und doch fehlt mir für Fehler meist der Mut
denn Leben ist das, was man tut
Und ich?

Ich bin nicht nur ich
ich bin auch du
es gibt kein auseinander
nur noch ein miteinander, ein füreinander
und das immerzu.

So regle ich unser Leben
tagaus, tagein
es ist oft ein Geben
und dann ein Nehmen
so muss es nun mal sein
ich bin für dich da
wo immer du auch bist
sag' zu allem ja
wenn es nur gut für dich ist.

Ich träume davon viele Fehler zu machen
und unser gemeinsames Lachen
über all die verrückten Dinge
die wir tun wollten
aber irgendwo verloren gingen
und doch
belächeln wir heute alle Ehrgeizlinge
alle Gewinn bringenden Bücklinge
und freuen uns über unsere kleine Welt
in der ich deine Heldin bin und du mein Held.
Und ich?

Ich bin nicht nur ich
ich bin auch du
es gibt kein auseinander,
nur noch ein miteinander ein füreinander
und das immerzu.

Wir tun all das was uns gefällt
denn in unserer Welt
soll es am Ende keinen Konjunktiv geben
kein „ach, was wäre gewesen"
kein „ach, hätte ich nur"
denn die Uhr
des Lebens tickt unaufhörlich
nimmt weder Rücksicht auf mich oder dich
und wir?
Wir leben gemeinsam im Hier und im Jetzt
auch wenn das Leben uns so manches Mal verletzt
doch ich
ich bin nicht nur ich
ich bin auch du
es gibt kein auseinander
nur noch ein miteinander, ein füreinander
und das immerzu.

Und eines Tages
wenn das letzte Sandkorn den Trichter der Zeit
erreicht
der Fährmann leise um uns schleicht

dann gehen wir von dieser Welt
mit einem Lächeln auf dem Gesicht
und das Lebenslicht erlischt
und ich – ich bin nicht nur ich
ich bin auch du
und das immerzu.

Der Nächste bitte

Geht es mir eigentlich alleine so? Oder fragen sich auch andere Menschen, ob die Termin- und Medikamentenüberwachungsdamen in den Arztpraxen die Patienten für blöde halten? Ich für meinen Teil kann da schon manches Mal ziemlich zickig werden, wenn ich zum Beispiel ein neues Ergotherapie-Rezept für meinen Gatten besorgen will (er ist Dauerpatient seit nunmehr neun Jahren) und ich immer wieder aufs Neue Fragen über Fragen beantworten und schriftliche Nachweise einreichen soll, die bereits vorliegen. Halleluja, es lebe das bürokratische Gesundheitssystem. Obwohl – von Gesundheit kann man hier wohl kaum sprechen. Diese ewigen Diskussionen können durchaus krank machen. Mich zumindest.
Doch manchmal bekommt man Beispiele vor Augen geführt, die ein gewisses Verständnis für die Gegenseite aufflackern lassen.
Neulich im Wartebereich der Nuklearmedizin: Ich war zu früh und so bot sich mir die Gelegenheit, das Treiben an der Anmeldung zu beobachten.

Dialog Nummer 1:

„Haben Sie eine Überweisung?"

„Nö, so was habe ich abgegeben, als ich das letzte Mal hier war."

„Das war letztes Jahr."

„Na und?"

Dialog Nummer 2:

„Ihre Versichertenkarte bitte."

„Wieso? Ich habe doch eine Überweisung."

Dialog Nummer 3:

„Ich bräuchte dann bitte noch Ihre Versichertenkarte und die Überweisung."

„Hab' ich nicht."

„Wer schickt Sie denn?"

„Der Doktor."

„Welcher? Wie heißt denn der Arzt?"

„Weiß ich nicht. Der auf der Musterstraße."

Dialog Nummer 4:

„Auf der Überweisung steht gar nicht, was gemacht werden soll."

„Ich soll geröntgt werden."

„Was denn?"

„Was tut Ihnen denn weh?"

„Alles."

Holla, die Waldfee. Meine Bewunderung für die nicht enden wollende Geduld der Rezeptionsdamen stieg ins Unermessliche. Es wurden Lesebrillen ausgegeben und einer Dame mindestens fünf Mal erklärt, wohin sie gehen musste. Und das in einer Lautstärke, die jeden anderen im Wartebereich zusammenschrecken ließ.

Nun, wenn das Standard in deutschen Arztpraxen ist, dann kann ich vielleicht, ab und zu, wenn mir danach ist, etwas gelassener mit überflüssigen Fragen umgehen.

Eine zufriedene Frau

Ich – ich bin weder schön noch bin ich schlau
eher unscheinbar
eine stinknormale Frau.
Sport ist mir ein Gräuel
Zeitverschwendung, wie `ne Fahrt nach Bonn-
Beuel
Schweigen ist mir lieber als reden
Stille ist für mich ein Spaziergang im Regen.

Und du?
Du bist zwanzig Jahre jünger als ich
das sieht man gut, schon rein äußerlich
dein Leben ist geprägt von Kalorien zählen und
Fitness-Studio
auf deine Frisur und Sport hältst du eine Laudatio
Mode und Shopping, Party und Spaß
das sind Dinge, da kennst du kein Maß.

Und ich?
Ich liebe die Literatur, Entspannung und Ruhe
klassische Musik und das Stöbern in der Erinne-
rungstruhe
in Schlabberhosen auf dem Sofa liegen
und über Gott und die Welt philosophieren

gute Bücher bei einem Glas Wein
kann dann das Leben noch schöner sein?

Aber du,
du hastest der Zeit hinterher
noch kannst du mithalten, es fällt dir nicht schwer.
Von Männern genießt du die bewundernden Blicke
liest nicht in ihren Gedanken das Wörtchen Zicke
dein Lachen etwas zu laut, etwas zu schrill
nach einem Glas Sekt steht dein Mund nicht still.

Und ich?
Nein, deine Jugend ist keine Konkurrenz für mich
tauschen mit dir – das will ich nicht.
Ich liebe mein Leben, jede Falte, jedes Haar
das irgendwann ergraute
was weiß ich, wann das war.

Und du?
Mit Mitte zwanzig rennst du jedem Trend hinterher
machst dir dadurch dein Leben ziemlich schwer
willst jedem gefallen, stimmst jedem zu
Hauptsache auffallen
und dabei hereinfallen auf jeden immerzu.

Nein! - Lasst uns nicht die Jugend verherrlichen
alles Negative verheimlichen
alles nur beschönigen
belobigen

lieber das Leben bewältigen
ohne Blick auf die Zahl verwirklichen.

Und ich?
ich bin weder schön noch bin ich schlau
dafür aber eine sehr zufriedene Frau.

Und ewig locken weiße Socken

Also, ich bin froh, dass dieser Sommer bald vorüber ist. Ich hab's nämlich nicht so mit den Extremen: extrem hohe Temperaturen (ab 27 Grad Celsius *ist* für mich extrem), extrem lästige Mückenangriffe, extrem angriffslustige Wespen und - da wären wir dann beim Thema - extrem schlecht gekleidete Männer. Die werden von Jahr zu Jahr immer mutiger mit ihren Outfits. Immer unansehnlicher für mich. Die Frauen (ja, ja, leider gibt es auch unter ihnen in dieser Hinsicht durchaus erwähnenswerte Exemplare) werde ich heute außer Acht lassen, sonst würde mein Text den mir auferlegten Zeilenrahmen sprengen. Man schließe die Augen und stelle sich folgendes Bild vor: Es ist heiß. Die Sonne brennt. Wegen des gleißenden Lichts hältst du deinen Blick gesenkt. Und dann kommt etwas auf dich zu (die passende akustische Untermalung wäre hier die Filmmusik aus *Der weiße Hai*. *Psycho* würde auch passen). Braune Trecking-Sandalen. In ihnen stecken weißbestrumpfte Füße. Der Übergang von Socke zu Bein ist farblich kaum zu erkennen. Indiz: Lange schwarze Haare, die bekanntlich nicht aus Socken wachsen. Dann, knapp über den o-förmigen Waden, braun-grün-rot-karierte Cargo-Bermudas. Extra weit. Jedoch nicht der Beine wegen. Das wird einem klar, wenn man den Mut besitzt, den Blick weiter nach oben wandern zu lassen. Ein Kürbis 3XL im Feinripp-Unterhemd wölbt sich über den Hosenbund, gehalten von einem Koppelgürtel in Tarnfarben. Ein blau-beige-ebenfalls-kariertes Hemd flattert munter um die Kugel. Noch ein Stück weiter oben quellen schwarze Brusthaare borstig gelockt aus dem Unterhemd. Ein feingliedriges Goldkettchen ziert den kräftigen Hals, der fast konturlos in einem unrasierten Gesicht endet. Auf dem Kopf ein weißes Base-Cap mit der Aufschrift *CHEF*. Ein Bild von einem Mann, nur eben kein schmeichelhaftes. Geschmacklosigkeit kennt halt keine Grenzen. Und doch: Dieser Kleidungsstil hat sicherlich auch Vorteile. Man(n) kann zum Beispiel Bier trinkend oder rülpsend über die Straße gehen. Niemanden wird's wundern. Kaum einer wird Anstoß daran nehmen. Passt halt. Gleichgesinnte erkennen sich sofort, die Interessenlage (Camping auf Malle, Fußball, Bier) muss gar nicht erst abgeklärt werden. Wahrscheinlich gibt es noch einige Vorteile mehr. Kenne ich aber nicht. Will ich auch gar nicht kennen. Ich will nur eins: Dass dieser Sommer bald vorüber ist.

Wut

Mit aller Kraft warf er die Wohnungstür hinter sich zu.

„Kevin – du kommst sofort zurück", hörte er seine Mutter noch hinter sich her rufen, doch es interessierte ihn nicht. Sollte sie sich doch von ihrem Macker windelweich prügeln lassen. Auch das interessierte ihn nicht. Nicht mehr. Sie hielt sowieso immer wieder zu ihm.

Der beschissene Aufzug war schon wieder kaputt. Also steuerte er auf das Treppenhaus zu. Die Brandschutztür, deren Griffe seit Monaten fehlten, stand wie immer offen. Er hastete die Stufen hinunter, übersprang in gleichmäßigen Abständen mehrere Absätze. Alle zwölf Stockwerke, ohne langsamer zu werden. Im Eingangsflur stank es wie immer nach vollgekackten Windeln. In einer Ecke stand der Rollstuhl vom alten Kovlowski. Kevin trat dagegen, so dass die ohnehin schon verbogenen Speichen der hinteren Räder sich noch mehr verformten. Egal. Der Alte verließ seine muffige Bude sowieso nicht mehr. Irgendeine Pollacken-Tussi kümmerte sich um ihn.

Als er endlich das Haus verließ, schoben sich dunkle Wolken über das Viertel und trübten den Bezirk standesgemäß ein. Bald würde es regnen.

Auch das passte irgendwie. Aber egal war es ihm trotzdem. Er lief über den Vorplatz des Hauses, vorbei an den Müllcontainern, an kläffenden Bullterriern, vorbei an den üblichen Treffpunkten der Jugendlichen aus der Siedlung. Dort standen sie. Tranken Bier und Wodka und kifften. Irgendeiner hatte immer ein paar Pillen dabei. Doch heute wollte er sich nicht betäuben. Heute wollte er seiner Wurt freien Lauf lassen, sie rauslassen, egal wie. Er lief immer weiter, über die Straße ... immer weiter. Er trat gegen die Autos, die am Straßenrand parkten, versuchte im Lauf die Außenspiegel zu treffen. Zuerst mit den Fäusten, dann im Sprung mit den Füßen. Das hatte er schon öfter gemacht und er war recht geübt darin und hatte schon mehr als einmal Bewunderung von seinen Kumpels dafür geerntet. Dann fühlte er sich gut. Bestätigt. Wenigstens etwas konnte Kevin besser als andere.

Mülltonnen waren sein weiteres Ziel. Wenn sie ihren Inhalt über den verschmutzten Gehweg erbrachen, war sein Bild über sein Viertel stimmig. Und doch nahm seine Wut nicht ab. Niemand würde ihn je wieder eine Memme nennen. Demütigen vor seinen Freunden. Erst recht nicht sein Vater, der eigentlich gar nicht sein Vater war. Nur irgend so ein dahergelaufener Penner ohne Arbeit. Der Stecher seiner Mutter, dieser versoffenen Schlampe. Pack findet sich eben. Sie waren der beste Beweis dafür.

An der nächsten Kreuzung bog er rechts ab. Der Friedhof war der passende Ort, seinem Zorn freien Lauf zu lassen, wie er fand. Kaum hatte er den Eingang passiert, da fanden sich auch schon Grabsteine, Gießkannen und Laternen. Wie einige Mädels aus dem Plattenbau boten sie sich regelrecht zum Zerstören an. Immer bereit, auch die andere Wange hinzuhalten, wenn der Frust der Jungs zu groß wurde. Aber hier waren es doch nur Gegenstände. Halb so schlimm. Grabschändung nannte man so etwas. Das hatte sein Lehrer einmal erklärt. Ach, was. Was wusste der schon. Schließlich sprühte er keine Hakenkreuze, wie Ali, Fathi und Benny das regelmäßig taten. Das war Grabschändung. Kevin reagierte sich nur ab. Tat er das wirklich? Nein, eher nicht. Denn diese Wut haftete an ihm wie eine Klette.

Er stürmte über den Friedhof zum hinteren Ausgang, der in das Bonzen-Viertel führte. Dorthin, wo all die schnieken Einfamilienhäuser mit Gartenzwergen in ihren Vorgärten den unübersehbaren Kontrast zu seinem Viertel aufzeigten. Während er lief entlud sich ein langer Schrei aus seiner Kehle, der wie der eines verletzten Tieres klang. Kevin wunderte sich ein wenig darüber. Doch war er nicht auch verletzt? War er nicht auch ein Tier? War er überhaupt irgendetwas?

Als er den Friedhof verließ, rannte er auf die Einkaufsstraße zu. Da gingen sie einkaufen. In ihren schicken Anzügen. Scheiß Bonzen. Spießer. Kannten nur ihre heile Welt. Wussten nicht, wie es im Plattenbau aussah. Interessierte sie auch nicht. Warum auch? Egoisten-Schweine. Sie wussten nicht, wie es war, im Viertel zu leben.

Jedem, der ihm entgegen kam, rammte er seinen rechten Ellbogen in die Rippen. All seine Kraft nahm er dafür zusammen. Und er fühlte sich sauwohl dabei. Stark. Überlegen. Unangreifbar. Diejenigen, die seinen Ellbogen zu spüren bekamen, waren zu überrascht, um reagieren zu können. Sie krümmten sich vor Schmerz, hielten sich entsetzt die Seite und hofften angstvoll darauf, dass es bei diesem einen Angriff blieb. Je mehr Rippen er traf, desto aggressiver wurde er.

Alles feige Memmen. Verhätschelte Weicheier. Legt euch nicht mit Kevin an. Kevin, der Rächer. Kevin, der Held der Siedlung. Ha, er würde es allen zeigen. Wieder ein kraftvoller Stoß seines Ellbogens. Wenn er nicht sah, wen er traf, war es leichter. Zu leicht. Die rasende Wut entlud sich. Neutral. Ohne Mitgefühl. Noch einmal. Und noch einmal. Was machen nur all diese Penner auf der Straße? Ihr habt es nicht anders verdient. Eigentlich seid ihr genau wie er. Arschlöcher. Feiglinge. Drecksäue.

Plötzlich, er hatte es nicht kommen sehen, traf ihn etwas mitten ins Gesicht. Er schmeckte Blut. Er spuckte. Ein Schneidezahn in einer blutigen Spucke-Pfütze. Jemand hatte sich gewehrt. Endlich!

Für einen kurzen Augenblick schien die Zeit still zu stehen. Dann sank Kevin auf die Knie. Wie er so vor seinem Zahn kauerte und ihn betrachtete brach all sein Schmerz aus ihm heraus. Und dann fing er an zu weinen. Wie ein Kind. Wie ein Kind, das er nun mal war.

Ich kann es schaffen

Ich kann es schaffen
ich werde es schaffen
denn ich kann mehr als du denkst.

Mein Kopf spielt mir oft einen Streich
dann kann ich ganz einfallsreich
von jetzt auf gleich
mir die schlimmsten Dinge ausmalen.
Die Knie werden weich
und das Gesicht kreidebleich.

Dann frage ich mich
Was kann ich schon?
Und mein Dämon
spricht voller Hohn
von Perfektion
Präzision
Konzentration
ganz monoton
mit hypnotischem Unterton.

Doch ich – ich sage dann zu mir selbst
ich kann es schaffen
ich werde es schaffen
denn ich kann mehr als du denkst.

Ich kann tanzen und ich kann reden
ganz besonders kann ich befehlen
ohne zu reden
nur in Gedanken
ach, und ich kann mich bedanken.
Ich kann in den Wolken Geschichten lesen
bis sie sich auflösen – die Wolken –
wie Fabelwesen und dann eindösen.

Ich kann explodieren
und rebellieren
mich positionieren
und mich manchmal selbst blockieren.

Ich kann freundlich sein
und hilfsbereit
fast ohne Schwierigkeit
oh – und ich kann weinen
und das ziemlich gut
aus Trauer oder auch aus Wut
aber auch frohgemut
weil es einfach gut tut.

Ja und ich kann schlafen
mehr am Tag als in der Nacht
in der sich die Sorge vervielfacht
und mich das ziemlich mobil macht.

Ich kann zuhören
ohne den Redner zu stören
und ich kann lachen
über ganz banale Sachen.

Und ich kann zweifeln
ganz besonders an meinem Können
da hab' ich besondere Antennen
doch dann sage ich zu mir selbst:
Ich kann es schaffen
ich werde es schaffen
denn ich kann mehr als du denkst.

Ich kann referieren
ohne dabei den Faden zu verlieren
Und ich kann reflektieren
interpretieren
harmonisieren
idealisieren.

Ich kann gut alleine sein
das genieße ich dann ungemein
ich brauch' nicht viel zum Glücklichsein.
Obendrein
bin ich stubenrein.

Ich kann tolerieren
und akzeptieren

selbstverständlich nicht grundsätzlich
aber letztlich
verlässlich.

Ich kann mich kümmern
um dieses und jenen
und dabei die Verantwortung übernehmen
das ist auch nicht jedem gegeben.

Und dann sage ich zu mir selbst:
Ich kann es schaffen
ich werde es schaffen
denn ich kann mehr als du denkst.

Überall Hormone

Kennt Ihr das? Eine junge Frau in Highheels und einem Röckchen, das gerade mal den Allerwertesten bedeckt, trippelt über die Straße, wirft lasziv die blond gefärbte Mähne hinter sich, senkt die Augenlider zum Schlafzimmerblick und öffnet leicht die kirschroten Lippen. Fast jeder Kerl stolpert dann beinahe über seine Hormone. Diese blöden Dinger liegen aber auch überall herum. Man(n) kann also gar nichts dafür. Die dicke Knollennase, die unreine Haut, die Laufmasche in der Strumpfhose – all das spielt keine Rolle. Der Testosteronnebel macht halt blind. Und die neutrale Beobachterin lernt viel über die Gesichtsmuskulatur, den unkontrollierbaren Speichelfluss und die Durchblutung der Haut. Wie gut, dass wir Frauen vor solchen Moschus-Ausfällen gefeit sind. Jawohl, wir Frauen sind bei so etwas immun. Dachte ich. Aber ich wurde eines Besseren belehrt. Mädels, habt Ihr schon einmal eine „Ladys Night" besucht? Nein? Ganz ehrlich? Das glaube ich Euch nicht. Ich war dort. Es ist zwar schon einige Jahre her, aber dieser Abend hat sich in meinem Gedächtnis eingebrannt. Hormone, so weit das Auge reichte. Ganz offensichtlich. Und doch wurde gestolpert, gesabbert und geglupscht, was das Zeug hielt. Meine größte

Sorge an diesem Abend war es, dass ich von diesen muskelbepackten Nackedeis auf die Bühne gezerrt werden könnte. Also hielt ich mich lieber im Hintergrund. Was mir natürlich den Ausblick auf so manches Detail nahm. Auch wieder blöd. Aber wie bei allem im Leben – man muss halt Prioritäten setzen. Meine Begleiterinnen waren da weniger schüchtern. Nach und nach tanzten sie sich nach vorn, bis sie endlich den heiß begehrten Platz direkt vor der Bühne ergattert hatten. Nun, ganz so wie meine damaligen Begleiterinnen lege ich heute all meine Schüchternheit ab, wenn ich ein Schuhgeschäft betrete. Die Augen glänzen, der Mund steht offen und ich schlendere genussvoll durch die Gänge. Ob ich in den begehrten Exemplaren länger als fünf Minuten laufen kann, spielt dann keine Rolle mehr. Der Östrogennebel macht halt unvernünftig. Und der neutrale Beobachter lernt viel über Gesichtsmuskulatur, den unkontrollierbaren Speichelfluss und die Durchblutung der Haut.

Der Hypochonder in mir

Manchmal, da tut mir einfach alles weh
vom Kopf bis zum großen Zeh
dann koch' ich mir `nen Kräutertee
leg mich auf mein Kanapee
und träume von einem Tag am See.

Doch mein Traum wird schnell durchbrochen
der Hypochonder in mir hat Lunte gerochen
ganz leise kommt er angekrochen
und den Schmerz der letzten Wochen
spüre ich dann in jedem Knochen.

Plötzlich fällt mir das Atmen schwer
und da – ein Stechen in den Lungen immer mehr
ich denke noch: Das ist nicht fair
warum schmerzt der Rücken nur so sehr?
Mannomann – ich kann nicht mehr.

Dann die Stiche in meiner Brust
ich bekomme kaum noch Luft
das bereitet mir so manchen Frust
denn auf einen Herzinfarkt habe ich keine Lust
und ich sehe mich schon in der Gruft.

Doch dann ist dieser Schmerz vorbei
dem Hypochonder ist das einerlei
denn der konzentriert sich schon auf die nächste
Piekserei
beim Atmen, die Lungen sind nicht frei
und das Leben bald vorbei.

Und nun – die Finger schlafen ein
was kann das schon wieder sein?
Dieses Kribbeln ist so gar nicht fein
nein – es stört ungemein
und hindert mich am Glücklichsein.

Herzinfarkt, Schlaganfall, Krebserkrankung
der Hypochonder in mir registriert jede Schwan-
kung
klammert sich an sie mit Hingebung
und nach seiner Hochrechnung
ist es bald Zeit für die Notschlachtung.

Ob Sepsis,
Arthritis, Gastritis,
Bronchitis,
es ist mein Verhängnis
und niemand hat Verständnis
für meine innere Fäulnis
und mein baldiges Begräbnis.

Der Hypochonder geht mir auf die Nerven
leider kann ich ihn nicht hinauswerfen
aber ich kann meinen Ton verschärfen
und ihn mir unterwerfen.

So versuche ich es mit Meditation
und äußerster Konzentration
und vertreibe die Vision
von Infekt und Operation
und was bleibt ist Fiktion.

Und am Freitag sauf' ich mir den Kragen zu

Ich versuche stets, mich in Andersdenkende hineinzuversetzen. Das bin ich ihnen schuldig. Das gehört sich so. Nur so ist meiner Meinung nach ein friedliches, verständnisvolles Miteinander möglich. Meistens klappt's auch. Und doch treffe ich immer wieder auf Leute, da kann ich mich auch noch so sehr anstrengen, ich schaffe es einfach nicht. Neulich, an einem Ort irgendwo, wurde ich Zeugin eines Gesprächs, dem ich bereits nach kurzer Zeit nicht mehr folgen konnte. Es wurden Berechnungen angestellt, wie viel Liter alkoholischer Getränke pro Kopf an einem Abend getrunken wurden. Puh, bei den Mengen, die dort genannt wurden, schwindelte es mir. Aber ganz gewaltig. Da muss der eine oder andere nahezu einen komatösen Zustand erreicht haben. Jedem das Seine. Aber unbegreiflich ist für mich, wie ein erwachsener Mensch mit stolzgeschwellter Brust damit prahlen kann, wie viel Alkohol er in sich hinein geschüttet hat und wie "hackedicht" er war. Selbst das Leiden nach dem Besäufnis wurde lautstark beschrieben. Hört es auch jeder? Kriegt es jeder mit? Boah, was für ein Kerl. Und doch war es mir nicht möglich, voller Hochachtung zu ihm aufzublicken. Nö, da habe ich eine andere Vorstellung von bewundernswerten

Eigenschaften. Na ja, ich muss ja auch nicht alles verstehen. Wenn's Spaß macht ... bitteschön. Aber ohne mich. In diesem Sinne sag' ich Prösterchen und genieße mit euch ein Gläschen was auch immer.

Eine durchtriebene Nacht

Sie hatte es wieder getan. Wieder hatte sie nicht nein gesagt. Dabei hatte Isabel sich fest vorgenommen standhaft zu bleiben und Mirko aus dem Weg zu gehen. Es war missglückt. Wieder einmal.

Sie hörte, wie im Bad die Dusche aufgedreht wurde. Das leise Rauschen des Wassers machte sie schläfrig. Isabel schloss die Augen und atmete tief ein, sog den süßen Duft der Leidenschaft in sich auf, der noch immer in der Luft hing, ebenso wie die Hitze ihrer angespannten Körper, als sie das Hotelzimmer betraten. Ungeduldig. Voller Spannung. Erwartungen, die erfüllt werden wollten.

Isabel lag rücklings auf dem riesigen Bett, das nahezu das gesamte Zimmer einnahm. Der Morgen dämmerte bereits und tauchte das Zimmer in diffuses Licht. Es würde nicht mehr lange dauern, bis die Sonne aufging. Sie betrachtete die Lampe an der Zimmerdecke über sich, an der kleine Spiegelkacheln baumelten, die ihren nackten Körper auf eine abstruse Weise wiedergaben. Sie musste lächeln, als sie an ihr erstes Treffen mit Mirko in diesem Zimmer dachte. Er hatte sie eines Tages damit überrascht und Isabel war von dem Gedanken so sehr erregt gewesen, dass sie ohne zu zögern eingewilligt hatte. Damals hatte sie keinen einzigen Gedanken an Pia verschwendet. Doch je länger die Affäre andauerte, desto mehr plagte sie das schlechte Gewissen. Pia vertraute ihr. Pia vertraute auch Mirko. Wie verletzt würde sie sein, wenn sie erführe, dass ihre beste Freundin und ihr Mann …

Unwirsch schob Isabel den Gedanken beiseite. War es nicht Pia gewesen, die immer behauptete, dass jede Frau das Recht hätte, sich den Mann zu nehmen, den sie wollte? War sie es nicht, die immer nach diesem Grundsatz gelebt hatte? Zumindest bis sie Mirko kennenlernte. Mirko, dieser große sportliche Mann mit den sanften grünen Augen und kräftigen Händen. Mirko, der immer wusste, was er wollte und auch stets seinen Willen durchsetzte. Mirko, in den Isabel sich schon damals unsterblich verliebt hatte.

Die Dusche im Badezimmer wurde abgedreht. Isabel tastete nach der Decke neben sich, konnte sie jedoch nicht finden und kapitulierte. Stattdessen überließ sie sich den Flügelschlägen der erwachenden Schmetterlinge in ihrem Bauch, die bald ihren ganzen Körper ergriffen, sie vorbereitete auf das, was sie sich immer erhoffte, wenn sie mit Mirko zusammen war. Sie ließ ihre Hand an ihrem Körper entlanggleiten. Es würde nicht mehr lange dauern, bis Mirko aus dem Badezimmer trat. Es erregte sie der Gedanke an seinen Blick, wenn er sie so sah: entblößt, verletzlich, ausgeliefert, ergeben. Die Badezimmertür öffnete sich und Mirko trat vor das

Bett. Von den Haaren tropfte Wasser auf seine Schultern und schlängelte sich über seine Brust bis zu dem Handtuch, das er sich lässig um die Hüfte gewickelt hatte. Er verharrte einen Augenblick und grinste sie an. Doch etwas in seinem Blick sagte Isabel, dass etwas anders war als all die anderen Male. Zuerst konnte sie nicht genau ausmachen, was es war. Verlegenheit? Nein, das passte nicht zu ihm. Unsicherheit? Das war etwas, was in sein Verhaltensrepertoire überhaupt nicht passte. Aber was war es dann? Isabel fröstelte und erneut tastete sie nach der Decke. Diesmal fand sie sie sofort und zog sie schützend über ihren nackten Körper.

„Ich muss jetzt gehen." Mirko griff nach seiner Hose ohne Isabel weiter anzusehen.

„Jetzt schon? Ich denke Pia ist auf Dienstreise."

„Isabel ... wir dürfen uns nicht mehr treffen. Bitte, Isabel, versteh' doch ..."

„Nein! Nichts verstehe ich. Was soll jetzt dieses pseudomoralische Geschwafel? Du hast doch nie etwas um Moral gegeben." Isabel spürte, wie ihr Tränen in die Augen stiegen.

Mirko antwortete nicht, zog stattdessen zuerst seine Jeans, dann sein Hemd an.

„Das soll es jetzt gewesen sein?" Isabel konnte es nicht fassen. „Einfach so? Schluss, aus Ende, auf Wiedersehen?"

„Ich war immer ehrlich zu dir. Du wusstest von Anfang an, dass ich Pia niemals verlassen würde."

„Wer redet denn hier von verlassen? Ich will einfach so weiter machen, wie bisher." Isabel spürte den altbekannten Trotz in ihr. Doch wie immer konnte sie nichts dagegen tun.

„Isabel", Mirkos Stimme klang versöhnlich und doch schwang eine Entschlossenheit in seinen Worten, die Isabel nicht überhören konnte, selbst wenn sie es versuchte.

„Isabel", wiederholte er sanft, „es geht einfach nicht so weiter."

„Du wiederholst dich."

Mirko war inzwischen komplett angezogen. Nun setzte er sich neben sie auf die Bettkante, streckte seine Hand aus, wollte sie berühren, ihr über die Haare streichen. Aber Isabel rollte sich abrupt auf die Seite und kehrte ihm den Rücken zu. Seufzend stand Mirko wieder auf.

„Ich werde jetzt gehen", sagte er, bewegte sich jedoch nicht. Isabel hörte ihn tief Luft holen. Sie war sich sicher, dass er auf eine Reaktion von ihr wartete. Doch sie war zu verletzt und so rührte sie sich nicht. Leise liefen ihr die Tränen über die Wangen während sie seinen Blick auf ihr spürte. Und dann, ganz leise, fiel die Tür ins Schloss. Sie war allein.

„Du wirst mich nicht verlassen. Du nicht", rief sie ihm hinterher, war sich jedoch nicht sicher, ob er es noch hören würde.

Langsam stand Isabel auf, ging ins Badezimmer, drehte die Dusche auf und betrachtete sich im

Spiegel. Wieso wollte er sie nicht mehr? Das, was sie sah, war alles andere als abstoßend. Sie dachte an Pias Körper und verstand Mirko noch weniger. Warum nur hatte er sich für sie entschieden? Pia mit ihren kurzen braunen Haaren, zwanzig Pfund zu viel auf den Rippen, kurzsichtig und ungeschminkt stellte sie genau das Gegenteil von Isabel dar, die sehr viel Wert auf ihren durchtrainierten Körper, ihre langen rotblonden Haare und ein tadelloses Make-up legte.

„Mirko, du Idiot", schimpfte sie vor sich hin, als ihr Mobiltelefon eine gesendete Nachricht ankündigte. Isabel ging zurück ins Zimmer, griff nach ihrem Handy und las die eingegangene SMS. Sie wurde bleich, als sie die Nachricht las. Das durfte doch nicht wahr sein. Mirko, dieser Mistkerl, dieser Idiot, dieses Schwein. Wie konnte er nur … Drei Worte nur, die sie aus der Bahn warfen. Drei Worte, die alles veränderten. Drei Worte, die sie nicht lesen wollte und es doch immer wieder tat: Pia ist schwanger.

Isabel ließ sich aufs Bett fallen und konnte ihr Schluchzen nicht mehr zurückhalten. Tränen, die nicht mehr versiegen wollten, rannen ihr über das Gesicht und wurden schließlich von dem Kopfkissen aufgefangen. Pia ist schwanger. Nein! Das durfte nicht sein. Irgendwann hatte Isabel keine Tränen mehr. Während im Bad immer noch die Dusche rauschte, spürte sie nur noch eine dumpfe

Leere in sich. Ihr Kopf dröhnte und ein einziger Gedanke pochte rhythmisch gegen ihre Schläfen: Pia ist schwanger. Und ich bin es auch.

Ich bin viele

Ich – ich frage mich manchmal wer ich bin
frage nach dem Sinn
des Lebens und nach dessen Gewinn
träume ohnehin
von einem Neubeginn.

Ich bin Ehefrau und das bin ich gern
fremdzugehen, das liegt mir fern
auch wenn ich manchmal schwärm
von irgendeinem anderen Herrn
bleibt das Ganze praxisfern.

Ich bin berufstätig in einem Büro ziemlich bunt
da hab' ich gern Gedächtnisschwund
zügle meinen Schweinehund
und halte lieber meinen Mund
dann gibt's auch keinen Kündigungsgrund.

Manchmal bin ich Krankenschwester
nebenbei noch Seelentröster
von Neujahr bis Silvester
werde ich dabei immer sattelfester
aber auch gestresster.

Und dann frage ich mich wer ich bin
was ist bloß der Sinn
des Lebens und dessen Gewinn.

Und Hausfrau bin ich auch
das gehört zu meinem Lebenslauf
so erledige ich den Einkauf
sorge für den vollen Bauch
mittags koch ich Lauch.

Ja und ich bin Autorin, nicht sehr bekannt
doch ich schreibe ganz konstant
meine Geschichten meist mit der Hand
und mein Bestand
wächst unverwandt.

Ich bin Freundin für ein paar Leute
die kenne ich nicht erst seit heute
es ist eine gescheite
und hilfsbereite Meute
bekannt für ihre Treue.

Außerdem bin ich immer noch Kind
das Kind meiner Eltern
auch wenn mich altersbedingt
das Leben dazu zwingt
erwachsen zu sein und die Kindheit verschlingt.

Manchmal bin ich auch Patientin
dann haste ich von Termin zu Termin
dem kann ich mich nicht entziehen
und es kostet einige Mühen
dem Ärztekarussell zu entfliehen.

So spiel ich der Menschen Spiele
bekämpfe manchmal Krokodile
verfolge stetig meine Ziele
durchlaufe Wechselbäder der Gefühle
ja ich bin nicht nur eine – sondern viele.

Gutmenschen

Kennt Ihr sie? Diese Gutmenschen, die immer wissen, wie unsere Welt verbessert werden kann? Die sich zum Lebensinhalt gemacht haben, ihre Mitmenschen zu missionieren? Ständig laufen sie mit dem erhobenen Zeigefinger durch die Gegend, kontrollieren Mülltonnen, nehmen mit angeekeltem Blick das Schnitzel auf unseren Tellern wahr, schütteln den Kopf beim Anblick einer Plastiktüte in unseren Händen, halten Vorträge darüber, wie schädlich das Rauchen ist und überhaupt wäre das Leben besser, wenn es sie nicht gäbe: diese Müllsünder, diese Fleischfresser, diese Raucher, diese was-weiß-ich-wer-noch alles. Belehrungen folgen zu jedem Thema, welches gerade „in" ist. Und wenn dann diese uneinsichtigen Exemplare nicht sofort spuren, werden sie weiter drangsaliert. So lange, bis sie es endlich kapiert haben. Leute, Leute, das ist anstrengend. Doch schaut man hinter die Fassaden, muss man feststellen, dass der Müllkontrolleur des Nachts heimlich seine Batterien in der Hausmülltonne entsorgt, weil die Sondermüllstelle immer nur dann geöffnet hat, wenn er noch im Büro ist. Oder die Vegetarierin, die Tiertransporte so abscheulich findet, dass sie kein Fleisch mehr essen will. Mit den Tierversuchen, die von der

Firma unterstützt und bezahlt werden, die den Nagellack herstellt, den die Tierliebhaberin zum Sonderpreis beim Discounter erwirbt, hat sie kein Problem. Oder der Plastiktüten-Gegner, der seine Wohnung mit Einweghandschuhen putzt und sich nach getaner Arbeit einen Kaffee aus seiner Kapsel-Maschine gönnt. Oder die Nichtraucherin, die nun ohne Rücksicht und Kinderstube Raucher beschimpfen darf. Endlich eine Minderheit, an der sie ihre Aggressionen auslassen kann ohne dafür schief angesehen zu werden. Hoch lebe das Nichtraucher-Gesetz. Oder auch diejenigen, die sofort loslaufen, um den Flüchtlingen zu helfen (was ich durchaus ehrenwert finde), doch auf dem Rückweg von den Flüchtlingsunterkünften den Obdachlosen am Bahnhof mit „arbeitsscheues Gesindel" betiteln. Halleluja, diese Liste könnte ich immer weiter fortführen, aber dann wäre ich für den Rest des Tages übellaunig. Das will ich uns allen ersparen.

Ich für meinen Teil wäge ab und tue, was ich kann, für Umwelt, Mitmenschen und Tiere. Doch vor allem kehre *ich* den Dreck vor meiner eigenen Tür, fasse *ich* mich an meine eigene Nase, übe mich immer wieder aufs Neue in Toleranz und Akzeptanz und vergesse dabei nicht den Spaß am Leben.

Ein Mensch sogar

Man sagt, ich bin etwas sonderbar
auf meine Weise wahrnehmbar
manchmal etwas unnahbar
oft fühle ich mich angreifbar
für die meisten bin ich ansprechbar
ein ganz besonderes Exemplar
vorzeigbar
zumutbar
keine Gefahr
mit blauem Augenpaar
brauchbar sogar
im Januar.

Zuverlässig und ehrlich
für manchen entbehrlich
besonders für diejenigen
die vermeintlich
das Leben recht kleinlich
beäugen und
Missgunst ganz heimlich
sich breit macht.

Und ich?
Ich brauche kein iphone
kein ipad, kein Whatsapp,

keinen Quickstepp
keinen Nepp und keine Crepe
keinen Sepp und keinen Rap
vielleicht bin ich ein Depp
und habe keinen Pepp.

Doch ich kann nichts anfangen mit Kollegen
die ständig auf Beförderungen schielen
Vorgesetzte beknien
Punkte zu beziehen
sie spielen mit Sympathien
und es gleicht irgendwelchen Parodien
Clownerien
Strategien und Theorien
ähneln dabei perfiden Ironien.

Alles was zählt in ihrer Welt
ist das Anhäufen von Geld
sie fühlen sich verprellt
wenn die Erhöhung entfällt
der Chef sich dann noch offenhält
eine Prämie zu zahlen
dann fordern sie lautstark Schmerzensgeld
fühlen sich wie in der Dritten Welt
keine Fernreise, die dann zufriedenstellt
und sie das Arbeitsfeld
gefangen hält.

Und ich?
Ich reduziere immer weiter meine Arbeitsstunden
mach' mich frei von inneren Schweinehunden
pfeife auf ach so wichtige Überstunden
fröne lieber meinen Mußestunden
denn ich hab' herausgefunden
und für gut befunden
das Urkunden
bevormunden
und ich kann nur gesunden
wenn ich zu mir selbst gefunden
habe.

Nein!
Ich habe mit ihnen kein Mitgefühl
es ist eher ein Trauerspiel
sie träumen vom Reisen im Wohnmobil
als Rentner in die Karibik ist ihr Ziel
einen hohen Lebensstil
halten sie für Sex Appeal
ein teures Automobil
gibt ihnen das Gefühl
von Macht ebenso viel
wie die Einrichtung im Jugendstil
- meiner Meinung nach infantil.

Ich genieße lieber unser Leben zu zweit
wer weiß wie viel Zeit uns noch bleibt
bin allezeit

startbereit
für jede Albernheit
zu jeder Tageszeit
das ist meine Fähigkeit
das was zählt ist Achtsamkeit
und Zärtlichkeit
und Friedlichkeit
und Langsamkeit
jederzeit.

Man sagt ich bin etwas sonderbar
auf meine Weise wunderbar
manchmal etwas unnahbar
oft fühle ich mich angreifbar
ein ganz besonderes Exemplar:
Ein Mensch sogar!

Gut gemeint ist längst nicht gut

Kennt Ihr auch solche Menschen, denen man einfach nichts Erfreuliches erzählen kann, ohne sich hinterher zu ärgern? Es sind diese Zeitgenossen, die entweder alles in Frage stellen („Quatsch, das glaube ich nicht") oder aber Beispiele ähnlicher Begebenheiten anführen um zu beweisen, dass das gerade mit stolz geschwellter Brust kundgetane positive Erlebnis nichts, aber auch gar nichts wert ist. Ein aufrichtiges Interesse oder gar Nachfragen darf man an dieser Stelle wahrlich nicht erwarten. Und dann ist mit einem Mal die zuvor empfundene Freude verschwunden. Ab ins Nirwana oder sonst wohin. Stattdessen macht sich der Verdruss breit und man fragt sich, was das für ein Mensch ist, der alles schlechtreden und entwerten muss und sich dabei hinter der Fassade des verständnisvollen gut meinenden Ratgebers ins Fäustchen lacht. Noch schlimmer wird es, wenn man etwas Negatives zu berichten hat. Jetzt dreht der Gutmeiner auf: „Ich hätte … war doch klar … das hättest du wissen müssen …" Selbstzufrieden lehnt er sich zurück und klopft sich gedanklich auf die Schulter. Mannomann, was für ein toller Besserwissender. Anteilnahme? Mitnichten. Wozu auch? Jeder ist sich selbst der Nächste. Und schließlich hätte man ihn vorher um Rat fragen können.

Nun, an diesen Miesmachern muss man ja nicht unbedingt festhalten. Mir ist das zu anstrengend. Und sollte mir zukünftig wieder einmal ein solches Exemplar begegnen, dann nehme ich die Beine in die Hand und bin weg.

Das Geständnis

„Mach dir keine Sorgen", sagte Fritz Schlingmann, als sein Bruder Jürgen das Zimmer betrat. „Es geht mir gut."

„Was ist passiert?"

Fritz zuckte mit den Schultern und drehte seinen Kopf zum Fenster. Dabei rutschte der Verband um seinen Kopf über die rechte Augenbraue, stoppte dann aber über seinem geschwollenen Lid. Das Zimmer war in warmes Licht getaucht. Die blassgelbe Bettwäsche war frisch und doch geruchlos, so dass sich der Dunst von Desinfektionsmitteln mühelos ausbreiten konnte. Fritz hörte seinen Zimmernachbarn leise schnarchen.

„Wo ist Hildegard?"

„Weg", nuschelte Fritz. Seine Stimme klang heiser und kam ihm fremd vor.

„Wohin?" bohrte Jürgen weiter.

„Nun sag' doch was." Jürgen wurde ungeduldig. Fritz hörte es in seiner Stimme. Er konnte spüren, wie sein jüngerer Bruder sich zurückhalten musste, nicht laut zu werden.

„Ich weiß nicht wohin. Sie ist einfach gegangen."

Die beiden Brüder schwiegen eine Weile. Fritz wollte nicht mit seinem Bruder reden. Nicht darüber. Nicht hier. Nicht in diesem Zimmer.

Nicht mit dieser Ungewissheit, ob sein Zimmernachbar vielleicht doch nur sein Schnarchen vortäuschte. Nicht mit dem Geruch von Desinfektionsmitteln in der Nase und dem Geschmack von Blut im Mund. Und doch wollten die Worte raus. Die Rippen stachen ihm in die Lungen, das Atmen fiel ihm schwer.

Jürgen, der bisher auf dem Besucherstuhl an seinem Bett gesessen hatte, stand auf, trat ans Fenster und schaute hinaus. Was genau er dort sah, wusste Fritz nicht. Aber er war froh, wenigstens für eine kurze Weile nicht den forschenden Blick seines Bruders ertragen zu müssen. Sein Bettnachbar regte sich, setzte sich auf, ließ seine Beine aus dem Bett baumeln und hangelte mit den Füßen nach seinen Pantoffeln. Auch er kehrte dabei Fritz den Rücken zu. Schließlich stand er auf und verließ das Zimmer.

„Alle werden mir den Rücken zukehren", sagte Fritz. Unbeabsichtigt. Denn es war nur ein Gedanke.

Jürgen drehte sich um und lehnte sich mit dem Rücken gegen die Fensterbank.

„Was redest du da? Willst du mir nicht endlich verraten, was passiert ist? Fritz, was ist in Leipzig vorgefallen? Wer hat dir das angetan?"

„Ich weiß es nicht."

„Du kannst dich nicht erinnern …"

„Nein, das ist es nicht."

„Wenn du etwas weißt, musst du es der Polizei sagen."

„Ich muss nichts sagen, wenn ich mich selbst belaste."

„Was soll das heißen? Fritz, rede endlich mit mir. Was ist passiert?"

„Hildegard hatte nichts gegen mein Hobby. Das hatte sie noch nie. Ich verstehe nicht, warum sie gegangen ist."

„Wovon sprichst du?"

„Fotografieren."

Jürgen sah seinen Bruder mit verständnisloser Miene an. Er schien nicht zu verstehen. Fritz wusste, dass er nun, da er einmal mit seinem Geständnis angefangen hatte, konkreter werden musste.

„Na ja, eigentlich ist es nicht das Fotografieren. Sondern die Motive, die ich wähle." Als Jürgen immer noch nicht reagierte, seufzte Fritz.

„Du weißt, dass ich den Karneval mag."

„Was hat Karneval mit alldem hier zu tun?" Fritz bemerkte, dass sein Bruder mit den Fingern auf die Heizung klopfte und auf der Innenseite seiner rechten Wange kaute. Das hatte er schon als Kind getan, immer kurz vor seinen Wutausbrüchen.

„Diese Tage, an denen Alkohol enthemmt und die jungen Leute ziemlich freizügig sind. Da hat jemand wie ich eine große Auswahl an Motiven. So fing alles an." Fritz machte eine Pause, schloss für einen Moment seine Augen und fuhr dann fort.

„Aber irgendwann kapierte ich, dass Alkohol gefährlich ist. Er macht mutig, stark und aggressiv. Und schließlich wollen die meisten nicht fotografiert werden. Zumindest nicht so …" Fritz hörte, wie Jürgen tief Luft holte, aber er sagte nichts.

„Dann, vor ein paar Jahren, las ich von Manga- und Comic-Conventions. Ich recherchierte ein wenig im Internet und war begeistert von den knappen Kostümen, die meine Fantasie beflügelten. Und als sich Hildegard bereit erklärte, mich auf solch eine Veranstaltung zu begleiten, war ich kaum noch zu halten. Kurze Zeit später machten wir uns also das erste Mal auf den Weg nach Leipzig zur Buchmesse. Dort stellte ich fest, dass sich die jungen Dinger bereitwillig fotografieren ließen und ich war davon überzeugt, dass sie nicht merkten, wie ich gewisse Stellen ihrer Körper nahe heranzoomte. Ich war so fasziniert, so begeistert. Sie waren so jung. Sie waren so herrlich naiv. Gerade so, wie ich es mag. Ich fühlte mich wie im Himmel. Wahrscheinlich war ich es auch." Fritz machte wiederum eine Pause. Das Sprechen fiel ihm schwer seitdem ihm die Schneidezähne herausgeschlagen wurden.

„Von da an fuhren wir jedes Jahr nach Leipzig zur Buchmesse. Und nach Frankfurt. Und auch zu Veranstaltungen nach Berlin. Ich konnte nicht genug bekommen von kurzen Tüllröckchen, die meine Neugier auf das Darunter weckten, von wohlgeformten nackten Beinen, samtweicher Haut und die Ansätze kleinerer und größerer straffer Brüste. Ich fotografierte alles, was mir freiwillig und auch zufällig vor die Kamera kam. Und Hildegard stand daneben und duldete es. Und sie duldete es auch, wenn ich mir zu Hause stundenlang die Fotos anschaute. Wenn ich glücklich war, war sie es auch. So dachte ich."

Jürgen schien in sich zusammen zu fallen und ging schwerfällig zurück zu dem Stuhl vor dem Bett, ließ sich darauf nieder, stützte seine Ellbogen auf die Knie und verbarg sein Gesicht in den Händen. Fritz glaubte ein Schluchzen zu hören, reagierte jedoch nicht darauf.

„Doch dieses Mal ist etwas schief gegangen."

„Wie konntest du nur?" Die Verzweiflung in Jürgens Stimme konnte Fritz nicht überhören. Sie war zu übermächtig, zu gewaltig, um sie auszublenden. Fritz wusste mit einem Mal, dass sein Bruder ihn nicht verstand, schlimmer noch, ihn verabscheute. Und doch sollte er nun die ganze Geschichte hören.

„Wir hatten uns im Gastronomiebereich hingesetzt, wollten einen Kaffee trinken. Meine Kamera hielt ich bereit. Zwei Frauen setzten sich an unseren Tisch. Ziemlich alt, zu alt für mich. Mindestens fünfunddreißig."

„Alt? Hildegard ist vierundfünfzig", rief Jürgen entrüstet aus.

„Bei Hildegard ist das etwas anderes. Hildegard ist meine Frau. Ich liebe sie."

Jürgen schüttelte verständnislos den Kopf.

„Ich war nicht vorsichtig. Vier Mädchen in kurzen Röcken und mit Strumpfbändern tauchten vor uns auf. Als eines von ihnen sich bückte, um die Schnalle an ihrem Schuh enger zu stellen, konnte ich mich kaum bremsen. Ich wollte fotografieren. Ich musste fotografieren. Hildegard spürte es und sah weg. Wie sie es immer tat. Doch ich kam nicht dazu. Denn die beiden Frauen sahen nicht weg. Sie bemerkten meine Absicht."

„Willst du damit sagen, dass die beiden Frauen dich so zugerichtet haben?"

„Nein, das nicht ..." Fritz stöhnte, als er versuchte sich aufzusetzen. Doch als Jürgen keine Anstalten machte ihm zu helfen, ließ er es bleiben und lehnte sich wieder zurück.

„Eine der beiden rief plötzlich laut ‚Der will doch wohl jetzt nicht fotografieren' und dann ging alles sehr schnell. Eine Gruppe von Klingonen, die sich in der Nähe aufhielt, reagierte sofort. Ehe ich überhaupt die Situation überblicken konnte, stürmten sie auf mich zu und ... na ja, das Ergebnis siehst du ja selbst." Fritz sackte in sich zusammen. Die Worte fielen ihm schwer.

„Und Hildegard?" wollte Jürgen wissen.

„Sie stand auf und ging. Ich weiß nicht wohin. Seitdem habe ich sie nicht mehr gesehen."

Die Schlingmann-Brüder schwiegen. Minuten vergingen. Schließlich stand Jürgen auf, schaute auf seinen älteren Bruder hinab und Fritz konnte den Ekel in seinen Augen sehen. Es war ein Blick, den er kaum ertragen konnte. Dann kehrte Jürgen ihm wortlos den Rücken, ging zur Tür und verließ das Zimmer.

Es gibt diese Tage

Es gibt diese Tage
da stelle ich alles in Frage
mein Blick, eine einzige Klage.
Es sind diese Tage
an denen ich nichts, aber auch gar nichts wage
ich mich mit allem plage
mich mit mir selbst `rumschlage
an denen ich mich frage
ob ich sie wirklich habe
diese schriftstellerische Gabe
oder ob ich das Vorhaben lieber zerschlage.

An diesen Tagen höre ich nicht auf zu analysieren
und muss ständig jedes Wort kritisieren
folglich kann ich nur kapitulieren
mich verbarrikadieren
mein Geschreibsel aktualisieren
bagatellisieren?
Pulverisieren? Reformieren?
Mich disziplinieren?

Es sind diese Tage
an denen fällt mir alles schwer
dann habe ich das Gefühl ich ertrinke
in einem riesigen Meer

aus salzigen Tränen
nur mit dem einzigen Gedanken:
Ich kann nicht mehr.

Doch dann greife ich zu Stift und Papier
das Jetzt und das Hier
fest im Visier
die Worte sind mein Elixier
und so spür`
ich die Wissbegier
und aus meinem Geschmier
wird nach und nach ein Gedankenkurier.

Die Gedankenfabrik

Es rattert und knattert. Im Kopf hat sich eine Ma-
schinerie entwickelt, die ständig erneuert, moderni-
siert und erweitert wird. Erhebungen werden
durchgeführt, nach deren Auswertung die Produk-
tionsleistung gesteigert werden soll. So purzeln die
Gedanken von den Laufbändern, werden vermes-
sen, sortiert, protokolliert und verpackt. Manche in
Schubladen gesteckt, andere wiederum sofort frei-
gesetzt. Gute Erzeugnisse sind die, die etwas be-
wirken. Die Gedanken selbst sind neutral. Es gibt
weder gute noch böse. Entscheidend ist, was der
Verbraucher aus ihnen macht.
Die Produktionsleitung hat nunmehr beschlossen,
dass die Nachtschicht nicht mehr erforderlich ist.
Am Tage werden genügend Gedanken produziert,
so dass das Werk nachts - wenn auch nicht ge-
schlossen - doch auf Ruhemodus geschaltet werden
kann.
Eine gute Entscheidung. Das Management scheint
kompetent und stimmt dem Vorschlag zu. Doch ist
es auch in der Lage, die Neuerungen durchzuset-
zen?
Der Betriebsrat fürchtet Entlassungen. Oder Ar-
beitszeitverkürzungen. Zu viele Synapsen sind beschäftigt. Gibt es wirklich genug Arbeit für alle

Beschäftigten in der Früh- und Spätschicht? Ohne Nachtschicht?

Das Management arbeitet derzeit an einem Sozialplan. Schließlich soll die Gedankenfabrik weiterhin ein Unternehmen der Zukunft sein und auch in ein paar Jahrzehnten gute Produkte herstellen. Man wird sehen, was weiter passiert …

Ich habe keine Lust

Manchmal habe ich keine Lust
dann schiebe ich einfach Frust
drücke den Kater an meine Brust
und denke ganz schuldbewusst
an den Zeitverlust.

Ich habe weder Lust zu schreiben
noch Sport zu treiben
vom Haushalt ganz zu schweigen.
Ich kann mir die Zeit vertreiben
indem ich einfach sitzenbleibe.

Diese Unlust macht mich müde
blockiert die meisten der Gefühle
stillgelegt sind alle Triebe
der Ton wird rüde
die Augen trübe.

Ich falte meine Hände
starre gegen Wände
denke an meine Rente
und hoffe auf die große Wende
Ende.

Generationen

Martha denkt nach. Über ihr Leben. Wie es bis heute verlaufen ist. Sie fühlt sich oft alleine. Ihre Gesundheit lässt keine großen Unternehmungen zu.
Sie sagt: "Du musst dich nicht um mich kümmern."
Sie denkt: "Du besuchst mich so selten."

Claudia denkt nach. Über ihr Leben. Wie es bis heute verlaufen ist. Sie fühlt sich oft überfordert. Ihr größter Feind ist ihr schlechtes Gewissen.
Sie sagt:" Ich muss zur Arbeit."
Sie denkt: "Wie soll ich das alles nur schaffen?"

Martha denkt nach. Früher war alles anders. Früher war alles besser. Die Kinder waren noch klein. Die Familie war stets zusammen.
Sie sagt: "Alt sein ist nicht schön."
Sie denkt: "Nie hast du Zeit für mich."

Claudia denkt nach. Eine Pflicht folgt der nächsten. Kümmern muss sie sich.
Sie sagt: "Ich werde mich anders organisieren."
Sie denkt: "Ich muss mein Hobby einschränken … oder aufgeben."

Martha fühlt sich nicht wohl. Sie sehnt sich nach Zuwendung. Will nicht immer erwachsen sein. Braucht Verständnis und Liebe.

Claudia fühlt sich nicht wohl. Sie sehnt sich nach mehr Zeit für sich. Will nicht immer vernünftig sein. Braucht Verständnis und Liebe.

Hanne und Lore

Hanne trank morgens am liebsten Hagebuttentee. Lore abends. Sie bevorzugte Kaffee zum Frühstück. Hanne liebte einen starken schwarzen Kaffee am Abend. Da es ihnen jedoch zu mühsam war, zwei verschiedene Getränke zu den Mahlzeiten zuzubereiten, wechselten sie täglich ihre Vorlieben. Alles eine Frage der Toleranz. Alles eine Frage des Entgegenkommens.

Wenn die Arthritis Hanne plagte, sprach Lore ihr Mut zu. Und ließ der zu hohe Blutdruck Lore nicht schlafen, erzählte Hanne ihr Geschichten aus früheren Zeiten.

Sie waren beste Freundinnen. Und das bereits seit nahezu achtzig Jahren. Lore hatte damals bereitwillig ihre Förmchen und Sandschaufeln mit Hanne geteilt, so dass sie gemeinsam Sandkuchen herstellen konnten. Als sie erwachsen wurden, verloren sie sich für einige Jahre aus den Augen. Doch seitdem sie beide verwitwet waren, teilten sie sich eine Wohnung, sorgten füreinander und waren zufrieden.

„Was haben wir heute vor?" fragte Hanne beim Frühstück mit Hagebuttentee.

„Wir sollten einen Spaziergang machen. Das Wetter verspricht herrlich zu werden."

„Aber nur mit dem Rolls Roys. Ohne ihn schaffe ich keine drei Schritte."

Lore schmunzelte. Der Rolls Roys, wie Hanne ihren Rollator nannte, wurde lange Zeit von ihr abgelehnt. Doch heute war er für sie unentbehrlich.

„Natürlich nehmen wir ihn mit. Dann können wir auf dem Nachhauseweg noch einkaufen und ich muss keine Tasche schleppen", entgegnete die praktisch veranlagte Lore.

„Und nach dem Mittagessen schlafen wir ein Stündchen und dann könnten wir das Sudoku-Rätsel aus der Zeitung lösen."

„Oder aber endlich unseren Roman zu Ende lesen."

„Oh … daran habe ich gar nicht mehr gedacht. Hat es gerade geklingelt?"

„Ich habe nichts gehört."

„Du trägst ja auch dein Hörgerät nicht. Wie immer."

„Wozu sollte ich auch? Dich verstehe ich und das reicht." Unwirsch erhob sich Lore um den Frühstückstisch abzuräumen.

„Du schepperst mit dem Geschirr", mahnte Hanne ihre Freundin.

„Tu ich nicht."

„Doch. Du hörst es nur nicht."

„So ein Quatsch. Hilf mir lieber, damit wir fertig werden."

Hanne erhob sich schwerfällig von ihrem Stuhl. Die Knie schmerzten und jeder Schritt ließ den Wunsch größer werden, sitzen zu bleiben und sich nicht mehr zu bewegen. Doch das ließ Lore nicht zu. Ständig trieb sie sie an, ermahnte sie, sich nicht hängen zu lassen. Hanne seufzte.

„Nu stell' dich nicht so an, Hanne. Reiß' dich zusammen. Du wirst sehen, nach dem Spaziergang wird es dir besser gehen."

„Vielleicht sollte ich …"

„Nein! Kein Schmerzmittel. Später vielleicht." Lore sah ihre Freundin streng an, so dass Hanne es nicht wagte zu widersprechen.

Hanne und Lore unterhielten sich während ihres Spaziergangs nie. Stumm setzten sie einen Fuß vor den anderen und konzentrierten sich darauf, nicht zu stolpern. Außerdem wäre es ihnen peinlich gewesen, wenn die eilig an ihnen vorüber ziehenden Passanten Teile ihres Gesprächs hätten hören können. Die beiden Freundinnen waren viel zu sehr darauf bedacht, nicht aufzufallen. Man wusste ja nie. In ihrem Alter wurde man schnell Opfer von Verschwörungen und fand sich dann – ganz gegen den eigenen Willen – in einer Seniorenresidenz wieder. Seniorenresidenz – ein großes Wort für einen schrecklichen Ort.

Im Supermarkt kauften sie Obst und Gemüse und was sie sonst noch brauchten, machten sich dann auf den Weg nach Hause, wo sie sich ein Mittagessen zubereiteten. Kasseler mit Kartoffelpüree und Sauerkraut – ihrer beider Lieblingsgericht.

„Bist du satt?" Hanne war müde und wollte den Abwasch erledigen, damit sie sich endlich hinlegen konnte.

„Dir scheint es ja besser zu gehen. Hans und Peter wären stolz auf dich."

Hanne mochte es nicht besonders, wenn Lore von ihren Söhnen sprach. Sie waren gleichaltrig, hatten gemeinsam Medizin studiert und waren ebenfalls gemeinsam nach Norwegen ausgewandert, wo sie ihre eigenen Familien gegründet hatten. Hans und Peter waren ebenso gute Freunde, wie Hanne und Lore. Aber Hanne erfüllte die Gespräche über ihre Söhne jedes Mal mit Schwermut. Lore konnte das nicht verstehen, denn sie liebte es, darüber zu sinnieren, wie es den beiden wohl gehen möge. Manchmal dachte Hanne, dass Lore froh darüber war, dass die beiden ausgewandert waren und Lore dachte, dass Hanne am liebsten ihre Freiheit aufgeben würde, um sich ganz von ihren Söhnen bevormunden zu lassen. Aber darüber sprachen sie nie.

„Apropos Hans und Peter … Hast du eigentlich nach der Post geschaut? Wir haben schon lange nichts mehr von den beiden gehört, nicht wahr? Vielleicht sollten wir uns doch einmal verstärkt mit diesem teuflischen Internet beschäftigen."

„Ach, Lore, in unsere Alter … und teuer ist so ein Computer auch." Lore sagte nichts. Der finanzielle

Aspekt war das einzige Argument, das sie akzeptierte. Hanne hatte Recht. Ihre Rente war wirklich nicht üppig und reichte gerade mal für die laufenden Kosten. Wie sollten sie sich da einen Computer leisten? Hans und Peter würden ihnen bestimmt helfen, aber davon wollte Hanne nichts wissen. Und wenn Lotte ehrlich zu selbst war, wäre ein Almosen ihrer Söhne auch für sie nicht akzeptabel.

„Mittagsschläfchen?" Lore gähnte.

„Mittagsschläfchen", antwortete Hanne.

Zwei Stunden später erwachten die Freundinnen frisch und ausgeruht. Nachdem sie sich etwas frisch gemacht hatten, ging Lore die vier Treppen nach unten, um nach der Post zu sehen. Als sie nach einiger Zeit schwer atmend die Wohnung betrat, hielt sie einen Brief in den Händen.

„Schau Hanne, heute noch haben wir von unseren Söhnen gesprochen und schon erhalten wir Nachricht von ihnen."

„Oh, wie schön. Schnell, lass uns lesen, was sie schreiben."

Lore nestelte umständlich an dem Briefumschlag und es dauerte eine Weile, bis sie es endlich schaffte, den langersehnten Brief daraus zu befreien. Als sie ihn entfaltete, fiel ihr Blick auf ein Foto. Es zeigte einen gutaussehenden Mann, eine hübsche Frau mit hellblondem Kurzhaarschnitt und zwei Jungs mit ebenfalls hellblonden Haaren.

Liebevoll strich Lore mit dem Zeigefinger über das Foto.

„Und? Was ist? Was schreiben sie?" Hanne tippelte ungeduldig von einem Fuß auf den anderen.

Lore begann zu lesen.

Liebe Mutter, da Dir die Reise nach Norwegen zu beschwerlich ist, haben Svenja und ich beschlossen, Dich über Weihnachten und den Jahreswechsel zu besuchen. Es wird einmal wieder Zeit. Denn auch Deine Enkel wollen einmal wieder zu ihrer Omama. Und wenn wir bei Dir sind, werde ich Dir endlich, den Computer einrichten. Ja, ich habe Dein Gesicht gerade vor Augen. Aber Du schaffst es. Wir werden ganz viel üben. Du wirst sehen, dann fühlst Du Dich auch gar nicht mehr so einsam. Bis dahin wünsche ich Dir alles Liebe. Dein Hans-Peter

„Hans-Peter", murmelte Hannelore, schloss die Augen und drückte den Brief an ihre Brust.

Sommer

Ich leide. Ich leide. Ich leide.
Diese Temperatur ist wie eine Ohrfeige
wie der schrille Ton einer Trillerpfeife
es bestehen keine Zweifel
das ist das Werk des Teufels.

Ich leide einfach nur beim Sitzen
und dabei so schrecklich zu schwitzen
wem soll diese Hitze bloß nützen?
Selbst Schatten kann mich nicht beschützen
ich warte auf ein Gewitter mit Blitzen.

Ich leide, es sind fast vierzig Grad
halte mein Wasser stets parat
das Klimagerät, dieser blöde Apparat
versagt
jede Anstrengung wird vertagt.

Ich leide. Ich leide. Ich leide.
Diese Temperatut ist wie eine Ohrfeige …

Wald- und Wiesenerlebnisse

Nichts ist so geistlos, so ermüdend, wie durch die Landschaft zu wandern. Ich habe nichts übrig für Wald- und Wiesenspaziergänge. Dazu bin ich viel zu städtisch. Ein Baum gleicht dem anderen. Wurzeln, Stamm, Äste und – je nach Jahreszeit – Laub. Langweilig. Man sieht etwas hundert Mal und dann merkt man, wie uninteressant es ist. Das sagte schon Henri Matisse. Und ich habe es auch feststellen müssen, als ich mich einmal bei einem Spaziergang ganz risikofreudig traute, den Blick zu heben und dabei nichtsahnend der nächsten Matschpfütze entgegen tappte. Immerhin war es kein Erdloch, kein Stein oder kein was-weiß-ich worüber ich sonst noch so stolpere und ich dabei – wie es für mich üblich ist – mindestens ein aufgeschlagenes Knie, jedoch wahrscheinlicher ein verstauchtes Fußgelenk davontrage. Und so patschte ich halt nur mit meinen wasserdurchlässigen und dünnsohligen Schühchen in die nächste Matschepfütze. Die Worte, die mir in diesem Moment über die Lippen kamen, waren wenig geistreich. Außerdem ist mir aufgefallen, dass der bevorzugte Sterbeort des gemeinen Nagers immer der Wald- und Feldweg ist, auf dem ich unlustig wandle. Das stinkt. Und zwar gewaltig. Zum Himmel. Und weil es so stinkt, werden Insekten aller Art angezogen. Fliegen schwirren um mich herum, Maden kreuzen meinen Weg. Eklig. Aber immerhin: Im Vergleich zu Bremsen, Mücken und Wespen, die hinterhältig unschuldige Spaziergänger attackieren und mitunter recht schmerzhafte Blessuren hinterlassen, recht harmlos. So wedelt man also während des gesamten Spaziergangs unkoordiniert mit den Armen, um diese Mistviecher zu vertreiben. Aus der Ferne betrachtet, muss das ganz schön dämlich aussehen. Dabei ist es in Wirklichkeit ziemlich ermüdend. Und geistlos. ... Sag' ich doch!

Der Mutmacher-Hut

Ich – ich habe für jede Gelegenheit einen Hut
denn der Mut zum Hut tut gut.
Ein Hut bietet Unterschlupf und schafft Distanz
mit einer ganz eigenen Eleganz
und einer gehörigen Portion Extravaganz.

Und ich trage Mütze
sie gibt mir oftmals Geistesblitze
ist mir beim Schreiben eine Stütze
dann sitzt der Schalk mir auf der Nasenspitze.
Gut, dass ich sie besitze – die Mütze.

Ich liebe jede Art der Kopfbedeckung
meine Art der Selbstdarstellung.
Sie bietet mir Veränderung
verleiht mir immer wieder Schwung
und hält mich jung.

Ich – ich habe für jede Gelegenheit einen Hut
denn der Mut zum Hut tut gut.
Ein Hut ist schön in allen Formen und Farben
er verdeckt sogar die Narben
die sich nicht nur im Innern verbargen.

Und ich trage Mütze
sie gibt mir oftmals Geistesblitze
die Welt findet ihren Rhythmus
das Leben gibt mir einen Kuss
und mit Trübsal ist dann Schluss.

Ja – ich liebe jede Art der Kopfbedeckung
denn nach meiner Schätzung
macht der Hut mich unnahbar
und die Mütze wandelbar
einfach wunderbar.

Ich – ich habe für jede Gelegenheit einen Hut
denn der Mut zum Hut tut gut.

Moderne Psychologie

Puh – diese Psychotests in den Zeitschriften haben es aber in sich. Nun sitze ich bereits seit zwanzig Minuten vor solch einem Test und sinniere darüber, welchem Serienstar ich wohl am ähnlichsten bin. Mein größtes Problem: Die von A bis D zur Auswahl stehenden Personen kenne ich überhaupt nicht. Auch die Serientitel, die in Klammern hinter den Namen stehen und einer besseren Zuordnung dienen sollen, sind mir gänzlich unbekannt. Ich bin mir sicher, nie davon gehört zu haben. Eine echte Herausforderung. Und doch: Ich bin richtig gut darin. Also in der Beantwortung der Fragen solcher Tests. Fast immer erreiche ich die höchste Punktzahl. Und wenn nicht, dann überdenke ich noch einmal meine Antworten, nachdem ich das Ergebnis gelesen habe. Da bin ich konsequent. Denn das bin ich. Konsequent. Das habe ich gelernt. Genauso wie ich gelernt habe, dass ich die bestgeeignete Führungskraft, die unerschütterliche Heldin des Alltags, eine Super-Mutti (wenn ich denn Kinder hätte), eine experimentierfreudige Liebhaberin, eine abenteuerliche Weltenbummlerin, ein Organisationstalent, ein kreativer Kopf, eine verwegene Verführerin, eine Weltverbesserin, eine intellektuelle aber leider verkannte Nobelpreisträgerin und eine humorvolle Alleskönnerin bin. Jawohl! Kurzum: ich bin ein Mensch mit den besten Eigenschaften. Ja – mich braucht die Welt. Unbedingt. Die Tests beweisen es.

Nur neulich, da ist irgendwie etwas schief gelaufen. Ich hatte wieder einmal die höchste Punktzahl erreicht, doch das Ergebnis gefiel mir so gar nicht. Konnte ich wirklich so falsch liegen? Doch dann viel der nicht mehr existente Groschen. Ich hatte die Frage nicht aufmerksam genug gelesen. Welche Frage, wollt Ihr wissen? Nun: Wie selbstverliebt sind Sie?

Die zweite Chance

Als Carsten das Büro von Dr. Klaus Behrendt betrat, erhob dieser sich aus seinem Sessel, umrundete seinen Schreibtisch und kam auf ihn zu.

„Ah, guten Morgen mein Lieber. Treten Sie ein, treten Sie ein. Bitte, nehmen Sie doch Platz." Er deutete einladend auf das schwarze Ledersofa rechts von seinem Schreibtisch. Auf dem Glastisch davor standen eine silberne Kanne vermutlich gefüllt mit frisch aufgebrühtem Kaffee, zwei weiße Tassen mit dem schwarzen Firmenlogo Behrendt & Partner und eine gläserne Schale mit Waffelgebäck. Carsten setzte sich auf die Kante des Sofas. Misstrauisch beobachtete er seinen Chef. War es jetzt soweit? Würde er wieder einmal eines dieser unangenehmen Gespräche führen müssen, wie es in den vergangenen zwei Jahren immer wieder der Fall gewesen war?

„Tja, mein lieber Carsten, wie lange sind Sie nun bei uns?" Auch Behrendt hatte sich mittlerweile in dem Sessel gegenüber niedergelassen, lehnte sich zurück und legte den linken Fuß auf sein rechtes Knie. Dabei rutschte sein Hosenbein etwas in die Höhe und Carsten blickte auf einen seidig-schwarz bestrumpften Fuß in schwarzen italienischen Designer-Schuhen.

Carsten schluckte. „Knapp fünf Monate", antwortete er.

„Tja, wie doch die Zeit vergeht. Ihr letztes Projekt war ja ein großer Erfolg. Damit konnten Sie sich durchaus einen Namen machen." Behrendt schaute Carsten durchdringend an.

„Es hat mir auch großen Spaß gemacht."

„Ja, das habe ich durchaus bemerkt, mein Lieber. Deshalb habe ich Ihnen auch gerne die Projektleitung für den neuen Auftrag übertragen. Mitarbeiter, die mit solch einem großen Engagement an ihre Arbeit gehen, sind uns eigentlich immer gerne willkommen."

„Danke sehr." Da war es wieder. Dieses kleine Wort mit großen Folgen. Eigentlich. Seine Gedanken rasten, doch dass ihm ein Fehler unterlaufen wäre, das konnte nicht sein.

„Fachlich gesehen ist Herr van der Lohe durchaus zufrieden mit Ihren bisherigen Vorschlägen. Das hat er mehrfach betont", fuhr Behrendt fort. „Die Kampagne läuft gut an und er ist zuversichtlich, dass seine Produkte gute Verkaufszahlen aufweisen werden." Er machte eine Pause, die Carsten nervös werden ließ. Heute war also der Tag, an dem er sich wehren würde.

„Herr Neugebauer …" Jetzt wurde es ernst. Behrendt sprach nur in Ausnahmefällen seine Mitarbeiter hochoffiziell mit dem Nachnamen an. Das hatte Carsten in den vergangenen fünf Monaten schnell herausgefunden.

„Herr Neugebauer …", wiederholte er noch einmal. „Es ist mir etwas unangenehm, Sie darauf anzusprechen, aber …" Behrendt setzte sich gerade, griff zur Kaffeekanne und füllte Carsten ungefragt die Tasse, „aber es sind unerwartet Probleme aufgetreten."

Carsten antwortete nicht. Stattdessen starrte er auf seine Schuhspitzen und wartete ab. Noch war nicht der richtige Zeitpunkt seinem Chef in die Augen zu schauen. Noch nicht.

„Ach, Carsten. Machen Sie es mir doch nicht so schwer …"

„Herr Dr. Behrendt … ich weiß wirklich nicht, worum es eigentlich geht", log Carsten. Nein, dieser arrogante Schnösel sollte ruhig aussprechen, worum es ging.

„Nun, dann werde ich wohl deutlicher werden müssen." Behrendt seufzte, trank einen Schluck Kaffee, lehnte sich wieder zurück in seinen Sessel und betrachtete sein Gegenüber. Carsten spürte deutlich, wie Behrendt die Situation genoss.

„Es ist ein Video aufgetaucht. Schon ein paar Jahre her, keine Frage, aber unauslöschlich im Netz. Und nun, was soll ich sagen, ausgerechnet van der Lohe hat – auf welchem Wege auch immer – Kenntnis davon erhalten."

Nun blickte Carsten direkt in Behrendts Augen, stahlblau und eiskalt. Carsten fröstelte.

„Natürlich weiß ich von Ihrer Vergangenheit, mein Lieber. Dass Sie in Ihrem Vorstellungsgespräch so offen waren, hat mir imponiert. Und schließlich hat jeder eine zweite Chance verdient, nicht wahr?"

„Ein Video", wiederholte Carsten.

„Ja, ein Video, ein äußerst prekäres kleines Filmchen aus Ihrer – sagen wir einmal – schlimmsten Zeit. In dieser damaligen Situation waren Sie viel zu sehr mit sich selbst beschäftigt als dass Sie es hätten bemerken können. Nun, wie dem auch sei, das Unangenehme an dieser Geschichte ist nun aber, dass van der Lohe diese kleine Episode aus Ihrem Leben entdeckt und – schlimmer noch – Sie tatsächlich erkannt hat."

Carsten wartete ab.

„Dieses Video", fuhr Behrendt fort, „zeigt Sie in Frauenkleidern in einer S-Bahn, wie Sie mitfahrenden Passagieren Ihre nicht unbedingt saubere Unterwäsche präsentieren." Was war das in Behrendts Stimme? Belustigung? Genugtuung?

„Aber sehen Sie selbst." Er griff zu einer Fernbedienung, von der Carsten nicht gewusst hatte, dass sie überhaupt existierte, drückte einen Knopf und auf dem Bildschirm an der Wand gegenüber erschienen Bilder, die Carsten nur allzu gut kannte. Natürlich hatte er versucht, dieses Video, es dauerte gerade mal eineinhalb Minuten, löschen zu lassen. Aber immer wieder tauchten Kopien irgendwo im Netz auf. Ja, er konnte es nun einmal nicht verleugnen. Das war er. Auch wenn ihm heute diese Zeit in seinem Leben völlig fremd war. Und dann, nach zwei Minuten, war alles vorbei.

„Nun, Herr Neugebauer, bei allem Respekt, dass Sie Ihr Leben wieder in den Griff bekommen haben, aber Sie müssen verstehen, dass Ihre Vergangenheit, zumal sie eindeutig dokumentiert wurde, für unsere Firma – sagen wir einmal – geschäftsschädigend ist. Herr van der Lohe hat angedeutet, dass er auf die weitere Zusammenarbeit mit Behrendt und Partner verzichten wird, wenn Sie, mein lieber Carsten, weiterhin die Projektleitung innehaben. Und da Sie sich noch in der Probezeit befinden, halten es meine Partner und ich für das Beste, wenn wir uns von Ihnen trennen."

Carsten erwiderte zunächst nichts und sah seinen Chef unverwandt an. Dann verzog sich sein Mund zu einem bösen Grinsen.

„Ich weiß wirklich nicht, was es da zu grinsen gibt. Sind Sie sich eigentlich über den Ernst Ihrer Lage bewusst? Ihre Entlassungspapiere liegen bereit."

Carsten genoss die Verunsicherung, mit der sein Chef plötzlich zu kämpfen hatte und schwieg weiter.

„Nehmen Sie es nicht so schwer. Heute ist man vor solch kleinen Scherzen nicht gefeit. Die Technik macht es möglich. Und die jungen Leute haben

ihren Spaß. Wir war früher doch auch nicht anders
…"

Carstens Grinsen verschwand. Nein, von einem
Kavaliersdelikt konnte wahrlich niemand sprechen.

„Dieser Scherz, wie Sie es nennen Herr Dr.
Behrendt, hat mein Leben zerstört."

„Nun, bei allem Verständnis, Herr Neugebauer,
aber das haben Sie schon selbst getan."

„Richtig. Zehn Jahre meines Lebens habe ich in
den Dreck geworfen. Ich selbst. Und ich allein bin
dafür verantwortlich. Aber niemand, absolut niemand, hat das Recht, mein ganzes Leben in den
Schmutz zu ziehen. Auch nicht Ihre Tochter, Herr
Dr. Behrendt."

Behrendt stutzte. Doch dann kniff er seine Augen
zusammen und sein Gesicht verfärbte sich dunkel-
rot. „Mit Anschuldigungen sollten Sie vorsichtiger
sein. Besonders dann, wenn Sie keine Beweise haben", antwortete Behrendt leise. Bedrohlich.

„Nun, beweisen kann ich das in der Tat nicht. Be-
dauerlicherweise. Allerdings …", Carsten zog sein
Smartphone aus der Innentasche seines Jacketts,
erhob sich von dem Sofa und ging zu seinem Chef,
„auch ich habe einen kleinen Scherz zur Hand.
Schließlich hatte ich zwischen meinen Jobs genügend Zeit für einige Recherchen und ich wollte gut
vorbereitet meinen neuen Job antreten. So habe ich
ebenfalls ein – wie nannten Sie es? – ein kleines
prekäres Filmchen gefunden. Unauslöschlich im

Netz. Hauptdarstellerin ist Ihre Tochter. Volltrunken mit aufgeknöpfter Bluse in ihrer eigenen Kotze. Diesen Anblick möchte ich Ihnen keineswegs vorenthalten."

Carstens Lächeln kehrte zurück, als er seinem Chef das Mobiltelefon vor das Gesicht hielt und ihn damit zwang, hinzusehen. Behrendt wurde blass und Carsten genoss den Augenblick.

„Jeder hat eine zweite Chance verdient, nicht wahr, Herr Dr. Behrendt? Das waren doch Ihre Worte? Dann werde ich mal wieder an meine Arbeit gehen. Van der Lohe soll schließlich eine perfekt ausgearbeitete Kampagne präsentiert bekommen. Guten Tag, Herr Dr. Behrendt."

Noch etwas Weihnachtliches

Oh, du schöne Weihnachtszeit

Sanft schwebten kleine Schneeflocken auf die schmutzigen Straßen hinab, schmolzen jedoch augenblicklich und hinterließen runde nasse Flecken, so dass der Asphalt wie mit grauem Konfetti überzogen schien. Emma zog die Beine noch etwas näher an ihren Körper und schlang die Arme um ihre Knie. Doch wärmer wurde ihr dadurch nicht. Die Pappe, auf der sie saß, hielt die Kälte nicht ab. Sie kroch durch sie hindurch und drang in Emmas Körper, nahm ihre Eingeweide gefangen. Emmas Unterleib verkrampfte sich und sie spürte wieder einmal diesen unsäglichen Schmerz. Genau wie damals, als sie noch davon überzeugt war, dass das Leben in Ordnung sei. Damals, bevor ihre Weiblichkeit und damit ihr größter Wunsch zerstört wurde.

Emma hatte Hunger. Doch der Plastikbecher in ihren Händen enthielt lediglich siebenundzwanzig Cent. Und das schon seit drei Stunden. Nur drei Cent fehlten ihr für ein trockenes Brötchen vom Bäcker unweit des Weihnachtsmarktes, wo sie sich niedergelassen hatte. Der Duft von Bratwurst wehte zu ihr herüber. Zu ihr, der hungrigen Pennerin, die am Rande des Marktes darauf hoffte, dass die Menschen zur Weihnachtszeit ein wenig mitfühlender sein würden. Ihr Magen rumorte und ihr war schwindelig. Emma schloss für einen Moment die Augen und bewegte vorsichtig ihre strumpflosen Zehen in den zerlöcherten Stoffschuhen. Zumindest hatte dieser Schmerz nachgelassen. Ihre Füße, selbst den eingewachsenen Zehennagel am rechten Fuß, spürte sie nicht mehr.

„Mama, wie oft muss ich noch schlafen, bis das Christkind kommt? Und wird es mir auch die Lego-Tankstelle bringen? Und auch das Fahrrad? Mama, wie lange noch bis Weihnachten?" Emma lächelte und beobachtete den kleinen Jungen, der aufgeregt an der Hand seiner Mutter sofort wieder im Gewühl des Weihnachtsmarktes verschwand.

Einkaufstüten von Hermes, Cartier, Douglas, Saturn, Kaufhof, Christ und noch viele mehr wurden an Emma vorbei geschlendert. Sie schloss Wetten mit sich selbst ab, welchen Aufdruck die nächsten Einkaufstaschen wohl haben würden. Doch es waren zu viele, die zu schnell an ihr vorüberzogen. Manchmal dachte sie verbittert, dass nur die Tüten an ihr vorbei hasteten und die Menschen bereits ausgestorben seien. Sie stellte sich vor, wie sie die einzige Überlebende einer großen Katastrophe sei und sich nun in einer Welt, in der die Plastiktüten regierten, zurechtfinden musste.

Wieder spürte sie den Krampf in ihrem Unterleib. Sie konnte ein leises Wimmern nicht unterdrücken. Zwei Jugendliche mit Base-Caps und dick wattierten Blousons näherten sich ihr. Augenblicklich wurde Emma von der Angst beherrscht, die sie immer häufiger heimsuchte. Bilder schossen ihr in den Kopf, die sie vergessen geglaubt hatte, sie aber nicht losließen. Springerstiefel, Stahlkappen, die gegen den bereits blutenden Kopf ihres namenlosen Weggefährten prallten, der stumme Schrei in seinem Gesicht, als er, kurz bevor er das Bewusstsein verlor, Darm und Blase entleerte. Erleichtert atmete sie auf, als die Jungen achtlos an ihr vorbeizogen. Viel zu sehr waren sie mit sich selbst beschäftigt, lachten und balgten sich wie junge Hunde.

Mit klammen Fingern zog sie ihren Rucksack an sich heran, nestelte an der vorderen Tasche und zog das wertvollste, was sie besaß, heraus. Das Foto war schon arg zerknickt, die linke untere Ecke war abgerissen und notdürftig mit Klebeband repariert. Emma lächelte, als sie an den alten Kiosk-Mann dachte, der ihr damals geholfen hatte, ihr kostbarstes Gut zu reparieren. Sanft strich sie darüber und als sie es betrachtete, stiegen Tränen in ihre Augen. Wie hatte es nur so weit kommen können?

„Dieser Mann ist nicht gut für dich. Wenn du mit ihm zusammen bleibst, dann ist unsere Tür für dich verschlossen." Ja, das waren die letzten Worte, die ihr Vater damals zu ihr sprach. Emma wischte sich die Tränen aus dem Gesicht. Dabei hinterließen ihre Finger einen Schmutzstreifen auf ihren Wangen. Sie hatte sich für René und gegen ihre Eltern entschieden. Dumm wie sie war. Wie lange war das her? Fünfzehn Jahre? Zwanzig Jahre? Sie wusste es nicht mehr. Ob es ihnen gut ging? Ob sie überhaupt noch lebten? Und ihre Schwester? Ihre kleine süße Schwester? Was wohl aus ihr geworden ist? Sie war erst sieben Jahre alt gewesen, als Emma ihr Elternhaus für immer verließ. Trotzig stopfte sie das Foto wieder in ihren Rucksack.

Die Schneeflocken wurden größer und auf dem Weihnachtsmarkt schlossen die ersten Buden. Auch Emma dachte widerwillig an ihre bevorstehende Nacht in der Bahnhofsmission. Aber unter der Brücke war sie nicht mehr sicher. Zu viele lebten auf der Straße, konkurrierten untereinander und je mehr Alkohol floss umso höher war ihre Gewaltbereitschaft. Und Schläge hatte sie bei René genug einstecken müssen. Das reichte für mindestens zwei Leben.

Langsam bewegte Emma ihre Beine, versuchte sie zu strecken um dann besser aufstehen zu können. Plötzlich, wie aus dem Nichts, stand ein kleiner blond gelockter Engel vor ihr. ‚Lotte', schoss es ihr durch den Kopf. Konnte das sein? Nein. Schließlich müsste ihre Schwester heute erwachsen sein. Doch dieses kleine Mädchen vor ihr … wie ähnlich es ihr war.

„Wie heißt du?" wollte die Kleine von ihr wissen.

„Emma. Und du?" Das Mädchen sah sie mit großen Augen an. Leuchtend grüne Augen, wie die
ihrer Schwester.

„Au fein. Ich heiße auch Emma. Ist dir nicht kalt?
Mama sagt, in diesem Wetter darf man nur mit
Mütze raus. Sonst erkältet man sich."

Emma brauchte einen Augenblick ehe sie antworten konnte. Wie konnte das sein? Diese Ähnlichkeit
…

„Ich habe aber keine Mütze."

„Oh, da frag' ich Mama. Die verkauft nämlich
Mützen auf dem Weihnachtsmarkt."

„Das ist lieb von dir. Aber ich kann mir keine
Mütze leisten."

„Das macht nichts. Mama schenkt dir bestimmt
eine."

„Wo ist denn deine Mama?" Die Kleine zeigte mit
dem Finger in Richtung einer Bude am Rande des
Marktes. Doch Emma konnte niemanden sehen.
Sollte sie es wagen und dem Mädchen die Frage
stellen, die ihr so sehr auf der Seele brannte?

„Sag' mal, Emma … Wie heißt eigentlich deine
Mama?"

„Charlotte. Aber alle nennen sie Lotte. Und ich
sage Mamma zu ihr."

Emma wurde schwindelig. Sie musste weg hier.
Schwerfällig kam sie auf die Beine, schulterte ihren
Rucksack und wollte sich grußlos auf den Weg
machen. Doch Klein-Emma stellte sich ihr in den

Weg, musterte sie prüfend und runzelte dabei ihre Stirn. Genau wie Lotte es früher immer getan hatte.

„Und Strümpfe hast du auch keine an. Mama verkauft auf Strümpfe."

Plötzlich musste Emma lachen. Es war ein verbittertes nahezu hysterisches Lachen.

„Du scheinst mir ja eine richtige kleine Geschäftsfrau zu sein. Aber ich muss jetzt gehen."

„Kommst du morgen wieder?" wollte Klein-Emma wissen.

„Bestimmt", antwortete Emma, kehrte dem Kind den Rücken zu und machte sich auf den Weg zum Bahnhof.

Ja, sie würde am nächsten Tag wiederkommen und vielleicht würde sie es wagen, sich Charlotte, genannt Lotte, etwas genauer anzusehen.

Weihnachtswünsche

Lieber guter Weihnachtsmann
streng' dich bitte mal was an
Äpfel, Nuss und Mandelkern
verteilst du jedes Jahr recht gern
Doch so langsam frag' ich mich ernsthaft
ob du das wirklich alles gern machst
gibt es nicht hier auf unserer Welt
sehr viel Wichtigeres was zählt?
Ja, du musst mir nichts erzählen
es gibt genug Kinder die sich quälen
von Nuss und Mandelkern würde ihnen schlecht
Brot und Gemüse wäre ihnen recht
Es gibt zu viel Hunger hier auf Erden
Was soll aus all den Kindern werden?
Und – warum gibt es Krieg?
Sag's mir, wenn ich daneben lieg
Alles im Namen der Religion –
was für eine Perversion.
Es wird gemordet und gefoltert
über Leichen gestolpert
Menschen werden bedroht
Es herrscht große Not.
Vielen bleibt nur noch die Flucht
auf der Suche nach einem besseren Ort.

Nur weg von diesen Extremisten,
diesen grausamen Religionsterroristen.
Lieber guter Weihnachtsmann
schau dir das Spiel ruhig weiter an.
Auch Faschisten gibt es tatsächlich noch
sorgen immer wieder für Gesprächsstoff.
Rufen aus ein verbotenes „Sieg Heil"
und finden's auch noch geil.
Bereiten dir all diese Verbrechen
eigentlich gar kein Kopfzerbrechen?
Auf der ganzen Welt
werden Tiere gequält.
Das ist zwar bekannt,
jedoch in unserer Zeit irrelevant.
Das letzte Wort hat stets die Industrie
die scheffelt dabei Geld wie nie.
Sie verdient am großen Leid das meiste Geld
und das ist es, was heute zählt.
Und die Politik?
Die macht dabei ganz locker mit.
Und – lieber guter Weihnachtsmann
streng' dich mal ein bisschen an.
Denkst du nicht, das Maß ist voll?
Ich kapier auch nicht, wem's nützen soll.
Du denkst ein Weihnachtsessen
lässt uns den Zustand dieser Welt vergessen
und verteilst wie jedes Jahr
wie es früher üblich war

Äpfel, Nuss und Mandelkern
und teure Geschenke, die hat jeder gern.
Doch, mein lieber Weihnachtsmann,
geh doch mal die Probleme an.
Das ist mein größter Weihnachtswunsch -
darauf trink ich einen Punsch.

Frohe Weihnachten!

Weiterhin von Iris Boden erschienen:

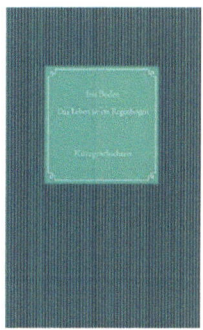

Das Leben ist ein Regenbogen

Geschichten von besonderen Menschen wie du
und ich: Eine Tante, vor der man sich in Acht
nehmen sollte; ein Psychiater, der die Selbstbeherr-
schung verliert; ein Zugunglück, das zu einer anderen Identität verhilft und Frau Esmeralda Eifer-
sucht, die für Beelzebub auf Seelenfang geht …

BoD – Books on Demand GmbH, Norderstedt
ISBN 978-3-7357-7610-5

Paperback, 116 Seiten, 8,90 €

Leserstimmen:

„… Die Geschichten überzeugen durch die Genauigkeit der Wahrnehmungen und den präzisen Blick auf die Details. Iris Boden besitzt zudem die Fähigkeit, sich als Autorin sehr gut ins Innere ihrer Figuren hineinversetzen und deren Ängste, Wünsche und Befindlichkeiten sichtbar machen zu können …"
(Amazon-Kundenrezension)

„… Jeder Mensch ist ein Unikat, etwas Besonderes. Genau das zeigen Iris Bodens Geschichten. So kann die Glatze eines wildfremden Mannes betören, ein Therapiegespräch völlig aus den Fugen geraten und die Farbe pink ein eingefahrenes graues Leben völlig verändern. Geschichten, die sich zu lesen lohnen!"
(Amazon Kundenrezension)

„… Der Schreibstil der Autorin ist knapp, aber direkt. Mit einer Spur von Witz und Ironie. So entstanden Texte, die uns schmunzeln, schaudern, lachen und/oder den Kopf schütteln lassen."
(mobeads.blogspot.de)

„… Die kleinen Geschichten lesen sich ausgesprochen kurzweilig. Ein bisschen skurril, ein bisschen bizarr, spannend und mitunter mit überraschender Wendung. Es geht um Liebe, Sünde und Gelüste. Es wird gesoffen, gemordet und auf sehr verschiedene Arten Abschied genommen. Ein depressiver Fahrkartenautomat spielt ebenso eine Rolle wie ein Plüschkissen, das Farbe in den grauen Alltag bringt. Abwechslungsreich auch, aus welcher Erzählperspektive die Akteure dem Leser vorgestellt werden. Zwischen den Zeilen finde ich unausgesprochene Dinge, die sehr zum Nachdenken anregen …"
(Amazon-Kundenrezension)